고양이라서
행복해

고양이라서
행복해

내가 나 자신의
대장이야

Ich bin's, Kitty. Aus dem Leben einer Katze

삶은 오직
과거를 돌이켜볼 때에만 이해할 수 있고
미래를 바라볼 때에만 살아갈 수 있다.

키에르케고르

프롤로그

이 책에서 플레키는 "참 아름다운 이야기네. 하지만 정말로 그런 일이 있었을까?" 하고 묻는다. 현명한 고양이 브루노는 이렇게 대답한다. "무슨 상관이야. 어쨌거나 정말 그랬을지도 모르지."

이야기란 그런 것이다. 다른 사람들도 마찬가지겠지만 나는 종종 동물이 될 수 있다면 무엇이 되고 싶으냐는 질문을 받곤 한다. 그럴 때마다 내 대답은 내가 어떤 상황에 놓여 있는가에 따라 달라진다. 때로는 호랑이가 되고 싶고 때로는 새가 되고 싶기도 하다. 하지만 거의 대부분은 고양이가 되고 싶다고 대답한다.

내가 고양이를 좋아하는 이유는 아름다운 모습과 날쌔고 우아한 동작 때문이기도 하지만 무엇보다도 고양이의 독립성 때문이다. 고양이의 모든 관심은 오로지 자기 자신에게 있다. 그리고 이 자기중심적인 태도는 우리 인간의 이기적인 태도와는 달리 자유로움과 연관되어 있다. 고양이의 자유는 다른 어떤 것에도 의존하지 않고 자기 자신만으로 충분한 상태, 육체와 정신의 통일을 의미한다. 나는 고양이를 사랑하고 나와 함께 살았던 모든 고양이들에게 고마움을 느낀다. 정말로 환생이라는 것이 있다면 다음 생에는 고양이로 태어나고 싶다. 가능하다면 이 이야기의 주인공 키티 같은 고양이로.

M. P.

차례

1

인생을 살아가는 데에는
가르치고 배우는 두 가지가
똑같이 중요하다.

"이름이 키티예요. 끝에 'Y'자가 들어가는 키티요."

나를 첫 예방접종에 데려갔을 때 할머니는 수의사 선생님에게 내 이름을 알려 주고 진료실 안 테이블에 나를 눕혔다. 나는 매끈매끈한 표면 때문에 차가운 금속에 배를 찰싹 부딪쳤다.

반들반들한 대머리에 살집이 좀 있는 수의사 선생님이 얼른 나를 안아 올리더니 부드러운 펄프 깔개 위에 눕혔다. '내 기분을 잘 알아주는구나. 어린 고양이를 다룰 줄 아는 분이네.' 하는 생각이

들었다.

선생님은 따뜻한 손길로 내 몸 여기저기를 조심스럽게 만져 보고 가느다란 회중전등으로 입안을 비춰 본 다음 체온을 쟀다. 진찰을 마치자 나에게 예방주사를 놓고 특별 간식을 주고는 할머니에게 말했다.

"붉은 털을 가진 아기 고양이한테 잘 어울리는 예쁜 이름이군요. 건강 상태가 최상급이니 아무 걱정하지 마세요, 슈베르트 여사님"

의사 선생님 덕분에 나를 돌봐 주는 할머니 성이 '슈베르트'라는 사실을 알게 되었다. 그리고 나중에 할머니와 함께 근무했던 동료 교사가 집으로 방문했을 때 할머니 이름이 '엠마'인 것도 알게 되었다.

내가 어디에서 태어났는지, 예전에는 키티가 아닌 다른 이름이었는지 하나도 기억나지 않았다. 그때 난 너무 어렸고, 알다시피 아기 고양이는 보통 거의 기억을 못하는 법이니까. 하지만 딱 한 가지 기억나는 게 있었다. 나한테 언니가 있었다는 사실이다. 이름도 떠오르지 않고 어떻게 생겼는지도 생각나지 않지만 분명 언니가 있었다. 언니는 종종 회색 안개처럼 희뿌연 형체로 내 머릿속에 떠올랐다. 그럴 때면 생각으로나마 언니랑 얘기를 나누고 싶었다. 하지만 이름 없는 안개와 무슨 수로 대화를 하겠는가? 어쩌면 언젠가는 언니를 부를 수 있게 언니와 어울리는 이름을 붙여 줄지도 모르겠다. 그럼 언니가 내 말을 들을지도 모른다.

물론 갓 태어난 아기 고양이에게 엄마 고양이만큼 중요한 존재는 없다. 엄마 고양이들은 아기 고양이들을 낳아서 배를 곯지 않도록 먹을 것을 주고 위험에서 보호해 준다. 우리가 배불리 먹고 나면 소화가 잘 되도록 배를 핥아 주기도 한다. 엄마 고양이는 그냥 늘 곁에 있다. 항상 그 자리에 있으니 아기 고양이에게 당연한 존재가 되고 만다. 그래서 아기 고양이들은 엄마 고양이에 대해서는 별다른 생각이 없다. 자신의 일부나 다름없으니까.

　　하지만 언니는 다르다. 아기 고양이에게 언니는 특별한 의미가 있다. 아기 고양이에게는 무얼 해도 좋은지, 무얼 하면 안 되는지 가르쳐 줄 언니가 하나쯤은 있어야 한다. 언니에게서 누구를 보면 털을 곤두세워야 하는지, 누구 앞에서 몸을 사려야 하는지 그리고 어떻게 이 세상을 헤쳐 나갈지를 배울 수 있다. 한마디로 말해서 살아가는 법을 전수받을 수 있다. 살아가기 위해서는 이 모든 것들을 끊임없이 염두에 두어야 한다. 언니들은 동생들에게 어찌해야 하는지 본을 보이고, 동생들은 언니들을 따라하면서 배운다. 가르치고 배우는 두 가지가 똑같이 중요하다. 그러니 언니를 잃어버린 건 정말로 커다란 불운이었다.

2

모든 걸 미리 알 수는 없는 법.
경험해 보아야만 할 때가 있다.
경험을 통해서만 우리는 영리해진다.

내가 어떻게 엠마 할머니랑 살게 되었는지 기억을 더듬어 보면 어렴풋하게 떠오르는 일이 있다. 꽤 극적인 사건이 일어나는 바람에 엠마 할머니와 함께 하는 새로운 삶이 시작되었다. 따지고 보면 할머니와 같이 살게 된 이후가 내 진짜 삶이었다.

그 일이 일어났을 때 나는 다른 고양이들과 연못가 풀밭에서 놀고 있었다. 풀 냄새와 꽃향기가 공중을 떠돌고 연못에서는 개구리

밥과 수초 냄새가 풍겨 왔다. 아기 고양들이 풀밭을 뒹굴며 놀기에 안성맞춤인 날이었다.

내가 태어난 지 얼마나 되었을 때였는지는 전혀 짐작이 안 간다. 다만 갓 태어나 눈도 제대로 못 뜰 만큼은 아니었고, 분명 두 눈을 뜨고 있었다. 그렇지 않았더라면 연못가에 동그랗게 솟아오른 방석 모양 덤불이 눈에 띄었을 리가 없다. 짧고 튼튼한 지주를 세워 노란색 미나리아재비를 잔뜩 심어 놓은 덤불이었다.

내가 왜 느닷없이 그 덤불에 뛰어들 생각을 했는지는 기억이 나지 않는다. 어쩌면 수북하게 피어 있는 노란색 꽃 때문에 콧구멍이 간질간질하고 눈이 부셨기 때문인지도 모른다. 어쨌거나 나는 난생처음 힘찬 도약을 감행했고, 그 결과 미나리아재비 덤불 한가운데 내려앉았다.

그것이 얼마나 경솔하고 위험한 행동이었는지 덤불에 뛰어들고 나서야 알아챘다. 덤불이 흔들거렸기 때문이다. 내가 뛰어든 충격으로 덤불 맨 가장자리가 연못가에서 떨어져나가 기우뚱하는 바람에 나는 물에 빠지고 말았다. '쏴아' 하고 물살 치는 소리가 귓가에 들려오고 퀴퀴한 냄새가 나는 진흙물이 코와 입으로 사정없이 밀려 들어왔다. 나는 너무나 무서웠다. '내 삶은 아직 제대로 시작도 못 했는데 여기서 끝이로구나. 이제 나는 꼼짝없이 죽는구나.' 하는 생각이 들었다.

그때만 해도 나는 죽는다는 게 무엇을 의미하는지 몰랐다. 그리고 고양이한테는 보통 목숨이 일곱 개나 된다는 사실(영어에서는 고양이 목숨이 아홉 개라고 말한다. 고양이가 날렵하고 유연하여 쉽사리 죽지 않는 데서 생긴 말이다.)도 몰랐다. 아무도 나한테 그런 얘기를 해 준 적이 없었다. 하지만 아무도 가르쳐 주지 않아서 정확하게 이해하지는 못해도 엄마 배 속에 있을 때부터 알던 것들도 있는 법이다. 솔직하게 말하면, 그건 엠마 할머니한테 연못에 빠져 죽을 뻔했던 일을 얘기하면서 비로소 떠오른 생각이다. 할머니는 엄마 배 속에 있을 때부터 알고 있었을 거라는 생각이 "참 곱씹어 볼 만한 의견"이라면서 아주 마음에 든다고 했다.

나는 물속에 가라앉으면서 일찍 죽을 수밖에 없는 운명을 받아들였다. 그런데 갑자기 커다란 수고양이가 아주 큰 앞발로 내 목덜미를 움켜잡더니 물에서 건져올려 풀밭으로 휙 집어던졌다.

누군가 나에게 진흙 범벅이 된 털이 햇볕에 마를 때까지 풀밭에서 기다리라고 말했다. 고양이 두세 마리가 다가와 내 몸을 깨끗하게 핥아 주었다. 나는 시키는 대로 했다. 몸을 뒤집으라면 뒤집고 옆으로 돌리라면 돌렸다. 앞발 뒷발을 다 들기도 했다. 발톱 사이에 낀 진흙까지 말끔하게 없애기 위해서였다.

늦봄의 화창한 날이었다. 사방에 꽃들이 활짝 피어 있고 가까운 숲에서 새들이 지저귀는 소리가 들려왔다. 가끔 멀리서 개 짖는 소리가 나고 다른 개가 응답하는 소리도 들렸다. 벌들이 이 꽃에서 저 꽃으로 윙윙거리며 날아가고 하늘하늘 날갯짓하는 나비들이 보였다. 나는 풀밭에 멍하니 누운 채 한 가지 생각만 했다. 이렇게 살아 있다니, 얼마나 좋은가! 이 모든 걸 듣고 보고, 또 따스한 햇볕과 내 살에 닿는 까끌까끌한 고양이 혓바닥을 느낄 수 있다니!

물론 엠마 할머니한테는 기억이 안 나는 부분은 약간 꾸며 내서 이야기할 수밖에 없었다. 엠마 할머니 말마따나 자세한 내용이 빠진 이야기는 재미가 없을뿐더러 믿기지도 않으니까. 나는 내 이야기가 실제로 겪은 일이라는 걸 할머니가 믿어 주길 간절하게 바랐다. 게다가 나는 이미 할머니가 식물과 동물을 얼마나 사랑하는지 알고 있었기 때문에 할머니를 기쁘게 해 주고 싶었다. 그리고 약간 다르긴 해도 내가 한 이야기와 비슷한 일이 벌어졌던 건 맞다. 왜냐하면 그 이후에 일어난 일은 꾸며 낸 것이 아니라 지금부터 말하는 대로 정확하게 있었던 일이기 때문이다.

아마도 나는 잠이 들었던 것 같다. 눈을 떠 보니 사방은 어두컴컴했다. 커다란 앞발로 나를 구해 주었던 수고양이도 보이지 않았고 털을 핥아 주었던 고양이들도 사라진 뒤였다. 나는 '다들 떠났을 땐 이미 어두웠나 보다'라고 생각했다. 나는 부르는 소리를 못 듣고 자고 있었나 보다. 다들 내가 뒤따라오는 줄 알고 있었을 텐데 나는 자느라고 혼자 남게 되었다.

지금도 가끔 그때 그 고양이들 생각이 난다. 나를 구해 준 수고양이가 혹시 우리 아빠가 아니었을까? 그리고 내 몸을 핥아 준 건 어쩌면 엄마랑 언니였을지도 모른다. 아니라면 왜 나한테 그렇게 해 주었겠는가. 하지만 그런 생각이 들 때면 나는 얼른 생각을 멈춘다. 어차피 아무리 생각해도 답을 알아낼 수 없을 텐데 계속 생각한다는 건 어리석기 때문이다.

　나중에는 내가 전에 어디서 어떻게 살았는지 별로 중요하지 않
았다. 너무 오래전 일이라 마치 그런 일이 있었던가 싶기도 했다.

3

행복은 마음속 깊은 곳에서
윙 소리처럼 울려 퍼진다.

연못에 빠져 죽을 뻔했던 사건과 더불어 진짜 삶, 그러니까 내가 분명하게 기억하는 삶이 시작되었다.

나는 혼자 풀밭에 웅크리고 앉아 있었다. 이제 어떻게 되는 건지 알 수가 없었다. 어둠이 점점 더 짙어지더니 추위가 몰려왔다. 달이 떴다가 졌다. 아침이 되었을 때 낯선 할머니가 다가와 몸을 숙이고 나를 내려다보았다. 할머니는 나를 안아 올려 주름이 가득

한 부드러운 뺨에 갖다 대더니 입맞춤을 해 주었다. 꼭 필요한 순간에 해 주는 사랑이 가득한 입맞춤이었다. 그런 입맞춤은 나처럼 겁에 질린 아기 고양이뿐만 아니라 다른 경우에도 근심과 고통을 덜어 주는 법이다.

내가 추위에 바들바들 떨자 할머니는 입고 있던 재킷을 벗어 감싸 주었다. 털실로 짠 재킷에서는 처음 맡는 달콤한 향기가 풍겼는데 나중에 그게 라벤더향이라는 걸 알게 되었다. 할머니는 옷 사이에 항상 작은 라벤더 꽃묶음을 넣어 두곤 했다. 할머니가 나를 품에 안고 데려간 곳은 단독주택 단지 모퉁이에 있는 집이었다. 울타리에는 이슬에 젖은 접시꽃이 소담스럽게 피어 있었고, 굴뚝에서 하얀 뭉게구름 같은 연기가 솟아나오고 있었다.

얼마 지나지 않아 이 집은 나의 집이 되었다. 나는 이 집 식구가 되고 할머니의 가족이 되었다. 할머니는 먹을 것과 마실 물을 주고 내가 원할 때면 쓰다듬어 주었다. 그리고 내가 꼬리를 세우고 등을 돌리면 서운해 하는 기색 없이 가만히 내버려 두었다.

처음에는 할머니 얼굴에 나 있는 수많은 주름이 정말 이상해 보였다. 우리 고양이들은 나이가 들어도 매끈하고 아름다운 모습을 유지하니까. 하지만 할머니의 나이 든 얼굴에 익숙해지자 사람들이 고양이에게는 없는 참으로 근사한 걸 갖고 있다는 사실을 알게 되었다. 사람들은 웃을 수도 있고, 울 수도 있다. 사람들의 미소 그리고 무엇보다 목소리는 우리 고양이들의 크고 작은 야옹 소리나 가르릉 소리와는 비교가 안 될 정도로 아주 다양한 감정을 드러낸다. 일부러 감추지 않는 이상 사람들의 얼굴에는 기분이 드러난다. 기쁨과 좌절감, 즐거움과 노여움, 실망과 분노, 호감과 혐오감, 증오와 사랑, 불쾌와 행복. 이 모든 것을 포함한 수많은 감정들을 사람들 얼굴에서 읽을 수 있다. 이런 걸 표정이라고 부른다. 내가 할머니 얼굴 표정을 제대로 읽고 이해하기까지는 시간이 꽤 걸렸다.

우리 고양이들은 사람들처럼 표정을 지을 수 없다. 물론 야옹 소리를 높게 내거나 낮게 내기도 하고 짧게 내거나 길게 내서 기분을 어느 정도는 표현할 수 있다. 화가 났다는 표시로 푸우 소리를 내거나 할퀴기도 한다. 하지만 예를 들어 행복하다고 느낄 때 무슨 수로 표현할 수 있을까?

물론 기분이 좋다는 표시로 가르릉거릴 수는 있지만 순전히 육체적인 만족감에 지나지 않는다. 배불리 먹고 따뜻한 곳에서 편안하게 뒹굴 때 맛보는 안락감의 표현일 뿐 행복감과는 다르다. 행복감은 적어도 나에게는 그리고 아마도 우리 고양이에게는 아주 드물게 찾아오는 감정이다. 그건 내 마음속 깊은 곳에서 마치 부드러운 웡 소리처럼 울려 퍼진다. 어디에서 시작하고 어디에서 끝나는지 말할 수 없지만. 뱃속에서부터 발끝까지 따뜻한 기분이 퍼졌다가 사라지고 나서 갑자기 오싹하면서 떨릴 때에야 비로소 난 그걸 알아챈다. 그 느낌을 더 잘 설명하기가 어렵다. 적당한 표현을 찾을 수 없어서 할머니한테도 말하지 못했다. 하지만 어쩌면 굳이 말로 할 필요가 없었는지도 모른다. 말하지 않아도 할머니는 내 기분을 이해했던 것 같다.

4

누구나 자기 이름으로
불릴 권리가 있다.

"배불리 먹고 실컷 자고 나면 고양이의 삶은 귀족이 부럽지 않다."

이건 내가 한 말인데 내 삶의 좌우명이 되었다. 어렸을 때에도 내 생활의 지침이었지만 지금도 여전히 그렇다.

할머니랑 함께 산 지 2년쯤 지났다. 그 사이에 나는 부쩍 컸고 살도 좀 붙었다. 여름에 활짝 핀 접시꽃을 적어도 한두 번쯤 보았고 가을에 꽃나무의 잎들이 떨어지는 것도 그만큼 보았다.

주택단지 모퉁이에 있는 집은 이제 완전히 내 보금자리가 되었다. 대단히 넓진 않았지만 사실 할머니랑 고양이 단둘이 지내기엔 너무 큰 편이었다. 좀 더 작은 집이어도 충분했을 것이다. 1층에는 주방과 거실, 식료품 창고와 화장실이 있었고 2층에는 욕실과 침실 그리고 손님용 방이 있었다. 어쩌면 예전에는 손님이 왔을지 모르겠으나 내가 할머니랑 같이 살던 동안에는 집에 묵고 가는 사람이 없었기에 할머니는 손님용 방에 재봉틀과 다리미 받침대를 넣어 두었다. 빨래 건조대처럼 거치적거리는 물건들도 그 방 차지였다. 방 안에 침대도 하나 있고 작은 탁자도 있었지만 손님용 방이라기보다는 창고 같았다. 참고로 내 전용 화장실은 1층 복도의 구석, 지하실로 통하는 문 바로 옆에 있었다.

그 집은 오로지 우리 둘만을 위한 공간이었다. 할머니를 찾아오는 사람은 거의 없었다. 예전에 함께 근무했던 동료 교사가 가끔 방문하고 매일 아침에 주택 관리인인 홀바인 씨가 별일 없는지 확인 차 들르는 것이 전부였다. 아, 일주일에 한 번씩 텔레비전 프로그램이 소개된 신문을 배달해 주는 젊은 남자도 있었다. 그는 종종 할머니와 함께 커피를 마시고 가곤 했다. 그러고 보니 식료품 가게 주인 아들 파비도 빼먹으면 안 되겠다. 할머니가 기운이 없어서 가게에 못 가겠다고 전화를 하는 날이면 파비가 필요한 물건들을 배달해 주었다.

할머니와 나는 잘 지냈다. 나는 고양이 사료, 할머니는 뮈슬리

(과일·오트밀·우유·설탕 등으로 만듦) 그리고 우리 둘 다 코코아로 아침 식사를 마친 후에 날씨가 나쁘면 거실에서, 날씨가 좋으면 지붕이 있는 테라스에서 두어 시간을 함께 보냈다. 할머니는 정년퇴직한 교사였는데 어떻게든 나에게 읽기와 쓰기를 가르치겠다는 결심이 확고했다. 할머니는 하루도 빠짐없이 여름과 햇살과 재미있는 책 만큼 좋은 건 이 세상에 없다고 강조했다. 그리고 그 말을 할 때마다 매번 "게다가 내용이 형이상학적이면 더할 나위 없이 근사하단다." 하고 덧붙였다.

참고로 나는 '형이상학적'이 무슨 뜻인지 이해하지 못했다. 그 말은 분명히 고양이의 뇌로는 이해할 수 없는 단어인가 보다. 우리 뇌는 사람들과는 다르니까. 물론 그렇다고 해서 결코 우리 머리가 더 나쁘다고는 말할 수 없지만. 우리 고양이들은 소위 실용적인 생각을 하는 철학자 쪽에 가깝다. 아무짝에도 쓸모없는 신비로운 생각에 몰두하느라 골머리를 썩는 건 질색이다.

할머니가 특별히 뛰어난 교사였기 때문인지 아니면 내가 아주 똑똑한 학생이었기 때문인지는 모르겠지만 어쨌든 수업은 성공적이었다. 얼마 지나지 않아 나는 할머니가 예전에 가르쳤던 학생들 만큼이나 잘 읽을 수 있게 되었다. 할머니는 너처럼 똑똑한 아이들이 있었더라면 교사 생활이 훨씬 즐거웠을 거라고 자주 말했다. 언젠가 한 번은 "내가 가르친 아이들 대부분이 심각할 정도로 무지했단다." 하면서 한숨을 쉬기도 했다. 내가 할머니한테 '무지'하다는 게 무슨 뜻인지 묻자 할머니는 "그 말은 너랑은 상관없으니 알아 둘 필요없다."라고 대꾸했다.

나는 매일 새로운 단어와 개념을 배웠다. 내가 한 살이 되었을 때 엠마 할머니는 벌써 일곱 살짜리 아이만큼이나 말을 잘한다고 칭찬했다. 그리고 두 살이 되면 아마도 열네 살 먹은 아이 정도 말할 수 있고, 세 살이 되면 거의 어른이나 다름없이 말하게 될 거라고도 했다.

하지만 쓰기는 읽기와는 달리 정말 어려웠다. 나는 우아하게 구부러진 밤색 발톱이 달려 있는 앞발을 특히 예쁘다고 생각했는데 볼펜을 잡기엔 매우 불편했다. 할머니가 계산하는 법을 가르치려고 했을 때는 상황이 더 나빴다. 아무리 해도 내가 익히지 못하자 할머니는 마침내 포기할 수밖에 없었다. 할머니는 "너는 숫자에 관해서는 정말 무지하구나."라고 말했다. 그래서 나는 '무지하다'는 말의 의미를 결국 알아 버렸다.

나는 할머니한테 "무지하다는 말은 멍청하고 무식하다는 뜻이죠?" 하고 의기양양하게 물었다. 할머니는 내 말을 이렇게 받아쳤다.

"멍청하고 무식한 것 이상이지. 무지하다는 건 더 영리해질 기회가 있는데도 이유야 어찌 되었든 기회를 걷어차 버린다는 뜻이기도 하단다."

"그러니까 멍청하다는 거죠!"

나는 할머니에게 대꾸했다. 할머니는 큰 소리로 웃더니 이제 됐다는 듯 손사래를 쳤다.

"키티야, 그만. 일부러 더 무지한 척하지 말렴. 이미 내 말 이해한 거 알고 있단다."

우리는 특히 시 짓기를 좋아했다. 할머니는 나에게 각운을 어떻게 맞추는지 가르쳐 주었는데 무척 재미있었다. 나는 금세 시 짓는 일을 할머니만큼이나 좋아하게 되었다. 할머니는 내가 지은 시 구절을 들으면 아기 고양이식 관점이 다소 단순하다고 여기면서도 종종 웃음을 터뜨렸다. 내가 지은 시를 예로 들어 보자면 '나는야 아직도 아직도 어리다네, 내 몸은 참으로 참으로 깨끗하네.' 이런 것도 있고 '내 발은 더럽지요, 그건 참 우습지요.' 이렇게 짧은 것도 있다. 아니면 이런 것도 있다.

'고양이가 고양이가 훈제 햄을 먹는대요, 그럼 물을 그럼 물을 많이 많이 마신대요.'

참고로 훈제 햄은 내가 가장 좋아하는 음식 중 하나였다. 물론 지금도 그렇지만.

엠마 할머니는 연달아 나오는 두 문장 끝부분 운율을 맞추는 걸 '순진한 기법'이라고 불렀다. 그게 왜 순진하다는 건지는 이해할 수 없었다. 물론 내가 그 당시 실제로 순진하기 짝이 없었고, 바깥세상에 대해서 아는 것이 거의 없었다는 것은 사실이다. 하지만 내 생각에 사람들이 짓는 시와 우리 고양이들이 짓는 시가 서로 다른 건 무엇보다도 주제가 달라서인 것 같다. 엠마 할머니는 주로 자연의 아름다움에 관심이 있었다. 할머니는 해 지는 광경의 아름다움, 별이 총총한 밤하늘의 아름다움에 관한 시를 지었다. 하지만 나는 아주 어렸을 때부터 먹을 것에 가장 관심이 있었다. 해 지는 광경이나 별이 빛나는 밤하늘은 나한테는 그다지 의미가 없었다. 물론 이 생각을 소리 내서 말하진 않았다. 할머니 마음을 상하게 하고 싶지는 않았기 때문이다.

할머니는 항상 아름다움이란 관찰자의 시선에 달렸다고 강조했다. 우리가 바라보기를 좋아하는 바로 그것이 아름다운 거라는 뜻 같았다. 사람들한테는 맞는 말일지 모르지만 고양이한테는 맞지 않는 말이다. 보통 고양이가 아니라 읽고 쓸 줄 아는 고양이라 할지라도. 우리 고양이에게 아름다움은 무엇보다도 기분 좋게 부른 배와 포근한 방석이다. 엠마 할머니한테 아름다움은 항상 정신적인 무엇이지만 나한테는 붙잡을 수 있는 것, 물질적인 것이다. 그건 커다란 차이다.

아, 한 가지 말할 게 있다. 나는 할머니랑 같이 살게 된 지 몇 주지났을 때부터 할머니를 '엠마 할머니'라고 불렀다. 처음에는 '여사님'이라고 불렀지만 할머니가 이름을 부르라고 했기 때문이다. 할머니는 나이도 많은데 '여사님' 호칭은 어울리지도 않고 심지어는 우스꽝스럽게 들린다고 말했다.

"누구나 자기 이름으로 불릴 권리가 있단다. 내 이름은 엠마니까 엠마 할머니라고 부르렴."

이 말을 듣는 순간 무언가가 내 마음속 아주 예민한 부분을 건드린 모양이다. 나는 언니가 있었던 것 같은데 얼굴도 모르고 이름도 없어서 마치 회색 안개처럼 희미한 형체로만 기억한다는 얘기를 했다. 이름이라도 있다면 마음속으로나마 언니한테 말을 걸 수 있을 텐데. 나는 할머니한테 "이름이 없으니까 마음속으로 부를 수도 없어요" 하고 슬픈 기분을 털어놓았다.

할머니는 안타까운 표정으로 물었다.

"언니에 관해서 정말 아무것도 생각이 안 나니?"

나는 고개를 저었다.

"네. 그때 제 옆에 앉아 있던 게 정말 언니였는지조차 확실하지 않은걸요. 아마도 언니가 맞을 거예요. 그렇지 않다면 왜 그랬겠어요? 아직도 언니가 마지막으로 했던 말은 기억나요. 내 생애 처음으로 뛰어오르려고 온몸에 바짝 힘을 준 그때 '안 돼! 하지 마!' 하고 소리쳤거든요. 나머지는 하나도 생각나지 않아요. 얼굴만 잊어버린 게 아니고 언니가 했던 다른 말들도 모두 잊어버렸어요. 연못에 빠졌을 때 몽땅 물에 녹아서 사라졌나 봐요"

할머니는 한동안 아무 말이 없었다. 할머니도 언니에게 어울리는 이름이 생각나지 않나 보다 하고 실망하고 있는데 말을 꺼냈다.

"언니를 카산드라라고 부르면 어때? 그리스 신화에서 카산드라는 앞날을 예언하는 능력을 가졌는데 사람들이 귀를 기울이지 않았지. 오늘날까지도 사람들이 믿지 않는 경고의 말을 '카산드라의 예언'이라고 한단다. 너한테 닥칠 일을 미리 알았던 걸로 보아 언니는 아마도 예지력이 있었던 모양이구나. 그러니 카산드라라는 이름이 어울릴 것 같은데. 너도 언니 말을 안 들었잖아. 언니 이름은 카산드라가 좋겠다."

그때부터 나는 마음속으로 언니를 카산드라라고 불렀다. 하지만 어찌된 영문인지 이름을 붙여 주었건만 언니는 아무리 자주 불러도 대답하지 않았다. 마음속 언니의 대답을 듣기까지는 시간이 꽤 걸렸다. 아마도 내가 붙여 준 새 이름에 적응할 시간이 필요했나 보다.

5

모든 생명체는 똑같지 않아,

어느 한쪽만 옳지 않고

다른 쪽도 옳다.

이미 말한 대로 엠마 슈베르트 할머니와 Y로 끝나는 이름 키티를 가진 나는 안락한 생활을 누리고 있었다. 그렇다고 해서 우리 둘 사이에 상대방을 오해하는 일이 없었던 것은 아니다. 그중에서도 특히 기억에 뚜렷하게 남은 일이 있었다. 처음에는 무척 언짢았지만 나중에 중요한 사실을 깨달았기 때문이다.

그 일이 일어났을 때 나는 막 사냥 연습을 시작한 참이었다. 사냥 연습은 당연히 할머니가 가르쳐 줄 수 있는 일이 아니었다. 다행히도 사냥 본능은 모든 고양이가 태어날 때부터 갖고 있어서 언젠가는 발현되기 마련이다. 접시에 담긴 사료를 먹는 집고양이도 예외는 아니다. 본능이든 아니든 내가 미리 생각해 보았다면 알았을 수도 있는데 미처 몰랐던 사실이 있었다. 고양이가 쥐를 사냥하는 건 기본적으로 잡아먹기 위해서지 재미로 그러진 않는다는 사실이다. 재미 삼아 쥐를 쫓는 건 끼니마다 사료 접시를 받는 집고양이나 하는 일이다. 고양이가 아닌 누군가에게 쥐를 선물할 생각을 하는 것도 오직 집고양이뿐이다. 그런 일은 원래 일어나지 않았어야 하기 때문에 실제로 일어난다면 결과가 좋을 리 없다. 그런데 그 점에 대해 나는 무지했다.

어느 날 아침, 나는 꼬리를 내리고 앞발은 숨긴 채 땅에 난 작은 구멍 앞에 웅크리고 앉아 있었다. 전날 저녁에 쥐 한 마리가 그 구멍으로 들어가는 것을 보았기 때문이다. 나는 해가 뜨자마자 구멍 앞을 지키기 시작해 이제나저제나 쥐가 나오기만을 기다렸다. 머릿속에 근사한 시가 떠올랐다.

'여름 생쥐는 여름이라 토실토실

여름 햇살에 따끈따끈하니 특히 맛나지.'

나는 내 시가 무척이나 자랑스러웠고 나중에 엠마 할머니가 들으면 칭찬할 거라고 기대했다. 하지만 생각과는 완전히 딴판으로 일이 흘러갔다.

오랜 기다림 끝에 드디어 이 멍청하고 조심성 없는 쥐를 낚아채는 데 성공했을 때 나는 곧바로 먹어버리지 않았다. 다른 고양이였다면 틀림없이 그랬을 것이다. 물론 나도 처음에는 잠깐 유혹을 느끼긴 했다. 나는 먹음직스럽게 버둥거리는 쥐를 물고 주방으로 가서 할머니의 아침 식사용 접시 위에 선물로 내려놓았다.

하지만 할머니는 전혀 기뻐하지 않았다. '아이구머니나!' 하고 소리를 지르더니 토할 듯한 표정으로 접시째 창문 밖으로 휙 던져 버렸다. 어찌나 힘껏 던졌는지 접시꽃이 핀 울타리 근처까지 날아갔다.

나는 할머니의 행동을 도저히 이해할 수가 없었다. 쥐를 보고 어떻게 그런 토할 듯한 표정을 지을 수 있단 말인가? 나는 항상 쥐가 별로 아름답지는 않지만 -어쨌든 고양이만큼 아름답지는 않다.- 흥미롭고 먹음직스러운 동물이라고 생각해 왔다.

나는 할머니가 내 선물을 내던져 버렸다는 사실에 마음이 무척 상해서 냉장고 뒤에 숨었다. 잠시 후 엠마 할머니는 진정이 되었는지 몸을 숙이고 부드러운 음성으로 나를 달래기 시작했다. 할머니는 당황한 표정으로 내 머리를 쓰다듬으며 말했다.

"키티야, 안 돼! 쥐를 잡고 싶으면 밖에서만 하렴. 집 안에는 절대로 들여 놓으면 안 돼."

그 순간 이전까지는 미처 생각하지 못했던 중요한 사실을 깨달았다. 그리고 그 사실을 결코 잊지 말아야겠다고 다짐했다. 모든 생명체는 똑같지 않고, 어느 한쪽만 옳은 것이 아니라 반대쪽도 옳다는 사실이다.

그때까지만 해도 나는 세상이 고양이를 중심으로 돌아가고 고양이의 안락함이 최고로 중요한 줄로만 알았다. 하지만 '쥐 선물 사건'을 겪고 나서 내 생각이 잘못되었다는 걸 깨달았다. 고양이와 사람과 쥐는 서로 다른 세상에 사는, 서로 다른 생명체이다. 이 서로 다른 세상들이 먹고 마시는 일 또는 잡아먹히는 일처럼 때로는 얽히기도 하지만 원칙적으로 모든 생명체는 각자 자신의 세상에 살고 있다. 그래서 엠마 할머니 화장실과 내 화장실이 다른 거다. 화장실 얘기가 나왔으니 말인데 쥐들은 대체 어디에서 소변을 보는 걸까? 도무지 교양이라곤 없는 녀석들이니, 보나마나 자기가서 있는 그 자리에서 소변을 보겠지.

쥐 선물 사건 덕분에 분명해진 것이 하나 더 있었다. 엠마 할머니는 집 안에 쥐를 절대로 용납하지 않는다는 사실이다. 어떤 경우일지라도! 정확하게 말하면 할머니가 집 안에서 곁을 허락하는 유일한 존재는 바로 나, 마지막 철자가 Y인 키티였다. 나로서야 감사할 일이었다. 그래서 할머니가 내 선물 때문에 요란을 떨었던 걸용서했다.

토실토실한 여름 생쥐에 관한 시가 자랑스럽긴 했지만 쥐를 발견한 할머니의 반응을 보았던 터라 할머니한테 그 시를 읊어 주지는 않았다. 지금은 그게 좀 후회가 된다.

6

나와는 행동이 아주
딴판인 고양이들을 관찰하면서
많은 걸 배울 수 있다.

할머니와 나는 비록 관심사는 서로 달랐지만 평화로운 나날을 보냈다. 우리 고양이가 특히 좋아하고 또 원래 바람직한 삶이 그래야 하듯이 평온한 삶이었다. 나는 풍족하게 먹고 마시고 많은 걸 배웠다. 엠마 할머니는 항상 반복해서 강조했다.

"배움은 정말 중요하단다. 일단 배운 것은 아무도 빼앗아 갈 수 없지."

할머니가 예전에 교사였으니 이렇게 말하는 건 지극히 당연하다.

나는 할머니 의견에 전적으로 동의하진 않았지만 할머니가 이 야기를 들려주거나 내가 아직 읽기 힘든 책을 읽어 줄 때면 참 좋았다는 건 인정한다.

우리는 대부분의 시간을 함께 보냈다. 할머니가 장을 보러 갈 때만 나는 혼자 집에 남아 낮잠을 잤다. 우리 고양이는 사람보다 확실히 잠이 많다. 고양이는 몸이 편하고 기분이 좋으면 잠을 자거나 꾸벅꾸벅 존다. 배불리 먹은 후 꾸벅꾸벅 조는 고양이야말로 만족감의 상징이다.

할머니는 집에 돌아오면 늘 커다란 장바구니에서 물건들을 꺼내 주방 탁자 위에 가지런히 늘어놓았다. 그러면 나는 물건들 가까이 가서 하나씩 냄새를 맡아 보았다. 가장 맛있는 냄새가 나는 것은 훈제 햄이었다. 하지만 아쉽게도 할머니는 훈제 햄을 어쩌다 한 번 사 왔고, 또 사 오더라도 아주 조금만 맛을 보여 주었다. 내가 더 달라고 애원하면 할머니는 "이건 어린 고양이 건강에 별로 안 좋단다."라며 단호하게 말했다. 매주 한 번 할머니는 생선 요리를 했는데 그때마다 "생선은 어린 고양이의 건강에 좋지." 하면서 듬뿍 담아 주었다. 나는 생선 중에서 훈제 청어를 가장 좋아한다. 특히나 통통하게 살이 오른 훈제 청어라면 더더욱 좋다.

할머니가 집에 오면서 장미 한 묶음을 사 올 때면 나는 아주 행복했다. 솔직히 말하면 나는 오랫동안 할머니가 그 장미를 오로지 나를 위해서 사 온다고 생각했다. 지금까지도 장미는 내가 제일 좋아하는 꽃이다. 아름답고 향기가 좋아서만은 아니다. 맛도 얼마나 좋은지! 그 당시 나는 장미 꽃잎이라면 사족을 못 쓸 정도로 좋아해서 할머니가 장미를 사 오면 얼른 달려가 꽃잎을 야금야금 뜯어먹었다. 그때마다 할머니는 고개를 절레절레 흔들면서 말하곤 했다.

"이상하구나. 고양이가 장미 꽃잎을 뜯어먹다니! 정신 나간 짓이 아니고 뭔지……."

엠마 할머니와 나는 종종 공원으로 산책을 가기도 했다. 우리는 결코 빠른 걸음으로 걷지 않고, 여기저기 둘러보며 아주 천천히 걸었다. 그리고 햇볕이 너무 따갑게 내리쬐는 날에는 정원에 있는 사과나무 아래 벤치에서 휴식을 즐겼다.

밤이 되면 나는 할머니 침대에서 같이 자기도 했지만 가끔 거실에 있는, 내가 좋아하는 장소로 가기도 했다. 할머니가 아무리 다정해도 혼자만의 꿈을 마음껏 꾸고 싶은 때가 있는 법이니까. 내 잠자리는 화사한 비단 방석이 여러 개 놓인 푸른색 소파였다. 방석 가운데 하나가 고양이가 아주 좋아하는 개박하처럼 초록색인데다가 정신을 잃을 만큼 황홀한 냄새가 났다.

하지만 집 안에 있기가 너무 갑갑해서 도저히 견딜 수 없는 밤도 종종 있었다. 그런 밤이면 열려 있는 지하실 환기창을 통해 밖으로 나갔다. 우리가 살고 있는 주택단지에서 별로 멀지 않은 곳에 문 닫은 지 한참 되어 절반쯤 무너져 내린 빵집 건물이 있었다. 그곳에서는 썩은 밀가루와 곰팡이 냄새가 났다. 밤이면 그 건물 앞에는 근처에 사는 고양이들이 모였다.

집고양이들만이 아니고 야생고양이들과 떠돌이 고양이들까지 온갖 무늬와 색깔의 고양이들이 모여들었다. 여러 가지 색이 섞인 고양이, 얼룩 고양이, 점박이 고양이, 줄무늬 고양이, 까만색과 회색 고양이, 하얀색 고양이. 고양이들의 털 색깔과 무늬의 패턴이 얼마나 종류가 많은지 정말 믿기 힘들 정도다. 나처럼 호랑이 줄무늬가 있고 주황색에 가까운 붉은색 털을 가진 고양이는 원래 드문 법인데도 몇 마리나 보았다. 엠마 할머니가 '밤에는 고양이들이 전부 회색'이라고 말했는데 천만의 말씀이다! 내 눈에는 오히려 낮에 보는 고양이 색깔이 훨씬 더 회색빛이다. 어떻게 그렇게 잘못 볼 수 있는지.

빵집 건물에 모인 고양이들은 군데군데 잡초가 사람 키만큼 높이 자란 마당에서 미친 듯이 날뛰었다. 몇몇 고양이는 누가 더 잘났나 시합하는 것처럼 날쌘 동작과 기발한 재주를 선보였다. 귀청 터지게 큰 소리를 지르는가 하면 사납게 푸우 소리를 내기도 하고 신음 소리나 캬오 소리를 내면서 엉켜 싸우는 고양이도 있었다. 사실 나는 다들 도대체 왜 그러는지 이해할 수 없었다. 처음에 이 밤나들이 모임을 만든 게 누군지, 어떤 식으로 서로 연락을 주고받아 모이는 건지도 알 수 없었다. 그런데도 나도 모르게 무엇에라도 홀린 듯 그곳을 찾았다.

시간이 좀 지나자 그 자리에 모인 고양이들 숫자가 처음에 내가 생각했던 것만큼 많지는 않다는 사실을 알아챘다. 열 마리나 열다섯 마리, 어쩌면 스무 마리 정도나 될까. 하지만 얼핏 보면 실제 모인 숫자의 두 배나 세 배로 보였다. 거기 모인 고양이들이 워낙 종횡무진으로 뛰어다니는 바람에 동시에 여기저기 있는 것처럼 보였기 때문이다. 나는 속으로 그 고양이들을 미쳐 날뛰는 떼거리라고 불렀다.

그 정신없는 소동에 끼어들 생각 같은 건 전혀 해 보지 않았다. 그러기에는 내가 엠마 할머니 말마따나 아기 고양이였을 때나 좀 더 자란 다음에도 너무 얌전했기 때문이다. 나는 그때까지 누군가에게 사납게 소리를 지른 적도 없었고 누군가를 할퀴거나 문 적도 없었다. 물론 쥐를 문 적은 있지만 그건 경우가 다르다. 내 생각에 그 당시 나는 가장 말 잘 듣고 소심한 집고양이였다. 그리고 어쩌면 가장 응석받이 고양이이기도 했다.

그렇긴 해도 나와는 행동이 아주 딴판인 고양이들을 관찰하는 일은 참으로 흥미진진했다. 관찰을 하면서 많은 걸 배울 수 있었기 때문이다. 이렇게 배운 걸 언젠가는 써먹을 일이 있을지 누가 알겠는가? 어쨌든 나는 때로는 거만하게 경멸에 차서, 때로는 감탄이 섞인 놀라움으로 그 고양이들을 지켜보는 데 만족했다. 무엇보다도 인상적이었던 것은 그들의 다양한 털 색깔과 무늬였다. 흰색에서부터 까만색에 이르기까지, 전체가 한 가지 색인 경우부터 줄무늬 또는 얼룩무늬까지 모든 고양이가 각자의 독특한 방식으로 아름다웠다.

내가 고양이라는 사실이 정말 자랑스러웠다.

7

우정에는 많은 말이 필요 없다.
그저 서로 같은 부류이기만 하면 된다.

브루노라는 수고양이를 알게 된 것은 밤나들이를 나갔던 어느 날 밤이었다. 브루노는 내가 그때까지 본 수고양이들보다 훨씬 멋지게 생겼다. 하긴 이 말은 그다지 큰 의미는 없겠다. 아직 어린 내가 그동안 수고양이들을 봤다면 얼마나 보았겠는가? 어쨌든 브루노는 엠마 할머니가 길에서 마주친 고양이들 가운데 부랑자니 떠돌이니 하는 이름으로 불렀던 수고양이들과는 비교할 수도 없게 근사했다. 털이 가지런하고 좋은 냄새를 풍겨서만은 아니었다.

나는 브루노처럼 청회색 털에 턱수염이 은빛인 고양이를 한 번도 본 적이 없었다. 브루노가 나를 볼 때면 은빛 턱수염이 반가움에 바르르 떨렸다. 그리고 한 번도 브루노처럼 깊은 생각에 잠기는 고양이를 본 적도 없었다. 깊은 생각에 잠길 때면 눈꺼풀은 호박색 눈동자를 절반쯤 덮었다. 그럴 땐 무슨 일이 있어도 브루노를 방해해서는 안 된다. 그랬다가는 아주 소중한 깨달음을 얻을 기회가 사라질 테니까.

브루노는 정말 똑똑했고 현명했다. 브루노를 통해서 나는 '현명하다'는 말의 가치를 알게 되었다. 현명함은 똑똑함 이상이다. 현명하다는 것은 세상과 생명체들을 단순히 받아들이기만 하는 것이 아니라 그들의 아주 작은 움직임까지도 이해하고 또 올바르게 평가할 줄 안다는 것이다. 다른 존재가 무슨 생각을 하고 무엇을 느끼는지 안다는 뜻이다. 엠마 할머니는 현명함이란 무엇이 진정으로 중요한지 알고 중요하지 않은 것에는 신경 쓰지 않는 것이라고 말했다. 그리고 이렇게 덧붙였다. 살고 그리고 살게 하는 것, 사랑하고 그리고 사랑하게 하는 것이란다.

브루노는 엠마 할머니가 말한 그런 현명함을 갖춘 고양이였다. 그리고 아마 나와는 다른 이유겠지만 나처럼 혼자 있기를 좋아하는 고양이였다. 우리는 빵집 건물 마당에서 벌어지는 바보 같은 짓거리에 끼지 않고 높은 곳에서 구경만 했다. 어쩌면 우리 둘 다 좀 거만한 편이었는지도 모르겠다. 거만함은 별로 칭찬할 만한 성품은 아니지만 우리 둘에게 무언가 동지 의식을 심어 주었다. 어쨌거나 우리는 만나자마자 서로에게 호감을 품었다. 물론 브루노가 나보다 훨씬 나이가 많고 체구도 컸지만 상관없었다. 아니, 어쩌면 바로 그래서였는지도 모른다. 아무튼 나는 브루노와 내가 동류라는 느낌을 받았다. 엠마 할머니라면 "너랑 나, 나랑 너, 우리는 같은 종족이지."라고 말했을 것 같다.

우리가 처음 만났을 때 나는 빵집 건물의 낡은 굴뚝 아래에 장식으로 툭 튀어나온 코니스에 편안하게 자리 잡고 앉아 있었다. 마당에서 벌어지는 고양이들의 유희를 내려다보고 있는데 갑자기 수고양이 한 마리가 내 옆에 와서 앉았다. 나는 그가 다가오는 기척을 전혀 눈치 채지 못했다.

처음에 수고양이는 나를 가만히 보기만 했다. 그러더니 관심이 생겼는지 고개를 숙이고 내 몸에 코를 대고 냄새를 맡기 시작했다. 뒤에서 앞으로, 위에서 아래로, 오른쪽에서 왼쪽으로 그리고 다시 오른쪽으로, 마음에 들지 않는다는 표시도 그렇다고 마음에 든다는 표시도 하지 않은 채 나를 샅샅이 탐색했다. 정말로 호기심이 생겨서라기보다는 상대방이 누군지 확인하는 태도였다.

나는 얌전하게 그의 행동을 받아들였다. 아니, 실은 그 이상이었다. 그의 행동이 마음에 들었다. 그가 나보다 훨씬 더 크고 강하기 때문만은 아니었다. 그에게서 좋은 냄새가 났다. 나는 그의 청회색 털이 내 붉은색 털을 스치는 걸 느꼈다. 약간 축축한 까만색 코가 전혀 기분 나쁘지 않았고, 오히려 반대였다.

탐색을 마친 그는 앞발을 쭉 뻗었다가 등을 우아하게 구부리더니 내 붉은색 털에 몸을 대고 비볐다. 그리고 "내 이름은 브루노야. 언제라도 도움이 필요하면 내 이름을 불러. 올 수만 있으면 꼭 올게."라고 말했다. 그때서야 처음으로 들은 브루노의 목소리는 놀랄 만큼 깊고 부드러운 울림을 갖고 있었다. 브루노는 그 말만 남기고 가버렸다.

나는 지붕 너머로 멀어져 가는 브루노의 뒷모습을 바라보았다. 약간 다리를 절고 있었는데, 오른쪽 뒷다리가 구부정했다. 다리를 절룩거리는 모습은 보기 흉한 것이 아니라 브루노를 오히려 흥미롭게 만들었다. 나는 행복했다. 브루노도 행복했을 것이다.

집에 돌아와 엠마 할머니 옆자리에 누웠을 때 나는 마음속으로 카산드라 언니한테 새로 사귄 친구 브루노 이야기를 해 주었다. 물론 언니는 아무 대꾸도 하지 않았다. 그래도 나는 브루노 이야기를 하면서 턱수염은 은빛이고 눈동자는 호박색인 청회색 고양이의 모습을 그려 보는 게 좋았다.

8

밤에 하는 생각이
즐거운 경우는 결코 없으니
최대한 빨리
잊어버리는 것이 상책이다.

엠마 할머니와 함께 사는 삶은 사리를 분별할 줄 아는 고양이라면 누구라도 좋아할 조용하고 쾌적한 삶이었다. 마음 같아서는 내내 그렇게 살고 싶었다. 그랬더라면 할머니와 나는 부지런하기는커녕 점점 더 게을러졌을 것 같다. 몸무게도 1, 2킬로 이상 늘었을 것이다. 먹는 건 좋아하고 움직이기는 싫어하면 어쩔 수 없는 결과가 아닌가. 내가 하는 일이라곤 기껏해야 앞발을 휘둘러 코에 내려앉으려는 통통한 파리를 쫓는 게 전부였을 거다. 내 코에 앉으려 하다니, 그 멍청한 파리는 참 눈치가 없었다. 파리도 축축한 걸 좋아하는 모양이다. 그건 상관없이 내 코만 건드리지 않는다면 얼마든지 하고 싶은 대로 해도 된다. 하지만 내 코는 내 것이다.

할머니와 나는 잘 지냈다. 항상은 아니더라도 대부분의 시간은 그랬다. 물론 가끔 할머니가 때맞춰서 사료 접시 채워 놓는 걸 잊는다거나 훈제 햄을 딱 반 조각만 주고 손톱만큼도 더 안 주면 화가 나기는 했다. 그리고 할머니가 텔레비전 앞 안락의자에 앉으려고 나를 다른 곳으로 쫓을 때도 서운했다. 할머니가 나한테 불만을 말한 적은 당연히 한 번도 없었다. 트집을 잡을 데가 도무지 없었을 거다. 나는 세상에서 가장 모범적인 고양이였으니까.

나는 브루노와 만나는 걸 할머니한테는 한마디도 하지 않았다. 세상에서 가장 모범적인 고양이라도 비밀을 가질 권리는 있다. 할머니가 알았다면 얌전한 고양이는 밤에 나돌아 다니지 않는 법이라고 한마디 했을 거다. 엠마 할머니는 얌전한 고양이라면 마땅히 해야 할 일과 결코 해서는 안 되는 일을 정확히 알고 있었다. 어차피 나는 밤에만 브루노를 만났기 때문에 잠이 든 할머니가 눈치를 챌 일도 없었다.

브루노는 내가 어디서 사는지 안 이후로 집 앞에 와서 나를 불렀다. 브루노의 목소리가 들리면 등이 오싹할 만큼 떨렸다. 나에게 브루노는 저항할 수 없이 매력적인 존재였다. 우리는 그다지 이야기를 많이 하지는 않았다. 단지 함께 주변을 돌아다니는 것만으로도 행복했다.

그렇게 시간이 흘러 2년쯤 지났을 때 나는 무언가 변화를 감지했다. 엠마 할머니는 관절 통증으로 힘들어하는 일이 잦아졌고, 얼굴 주름은 날마다 하나씩 늘어가는 듯했다. 종종 장보러 가기도 힘들어 전화로 주문을 했는데, 식료품 가게 주인 아들이 물건들을 갖다주고 돈을 받아 가곤 했다.

나는 할머니가 안됐다는 마음이 들었지만 그 이상도 그 이하도 아니었다. 나이 든 사람들은 어쩔 수 없다. 자신의 생활을 꾸려 나가기도 힘에 부치는 법이다.

평상시와 다름없는 조용한 나날들이 이어지던 어느 날 밤, 우리가 침대에 누워 있을 때였다. 나는 할머니 발치께에 편안하게 자리를 잡고 막 잠이 들려던 참이었다. 갑자기 할머니가 단조로운 가락으로 노래를 불렀다.

"부엉이야, 오 부엉이야, 제발 나를 쉬게 해 주렴. 나는 이제 늙었고, 고통과 근심은 충분히 겪었으니."

솔직히 말하면 나는 그 노래가 무슨 뜻인지 알 수 없었다. 혹시 할머니가 말했던 '형이상학적인' 내용이 아닐까 하는 생각이 들었고, 기분이 좀 상해서 속으로 이렇게 생각했다. 나한테 말하지 않고 대체 왜 부엉이한테 말을 거는 걸까? 어떤 녀석인지, 어디에서 뭘 하고 돌아다니는지 알 수 없는데. 내가 여기 할머니 발치에 있는데, 할머니가 부엉이한테 원하는 게 뭐지? 나는 말 상대로 모자란 걸까?

그런데 고개를 들고 할머니를 쳐다보니 뺨에 흘러내리는 눈물이 보였다. 그 순간 상처받은 내 허영심은 자취를 감추었다. 나는 할머니의 아픈 다리를 건드리지 않도록 조심하면서 얼굴로 다가갔다. 그런 다음에 할머니 얼굴에 몸을 붙이고 뺨에 흐르는 눈물을 부드럽게 핥으면서 작은 소리로 가르릉거렸다. 내 위로가 다행히 효과가 있었다. 잠시 후 할머니는 진정이 되었고 우리는 함께 잠이 들었다.

9

아무리 아쉬워하더라도

어떤 행복한 시간도

영원히 지속될 수는 없다.

때가 되면

다 지나가게 마련이다.

다음 날 아침, 나는 내키지 않았지만 억지로 눈을 떴다. 무언가 이상했다. 우리의 평온했던 나날에 그림자가 드리운 듯했다. 진한 갈색 코코아는 갑자기 회색 기운이 감돌았고 더 이상 평소처럼 달콤하지 않았다. 태양은 자꾸만 흘러가는 구름 뒤로 숨어 버렸다. 심지어는 내 사료도 느닷없이 곰팡내를 풍겼다.

나는 전날 밤에 들었던 그 이상한 부엉이 노래는 생각하기도 싫었고 기억에서 싹 지워 버리고 싶었지만 할머니가 나를 가만두지 않았다. 아침 식사가 끝나자 할머니는 나를 불렀다.

"키티야, 이리 와 보렴. 너랑 할 얘기가 있단다."

우리는 베란다로 나갔다. 할머니는 버들가지로 짠 흔들의자에 앉고 나는 할머니 무릎에 앉은 채 나비 몇 마리가 울타리 옆 라일락 꽃잎에 내려앉아 팔랑대는 걸 바라보았다. 내가 할머니 무릎에 앉아 있는 걸 좋아하는 것만큼이나 나비들은 라일락 꽃잎에 앉아 있는 걸 좋아하는 것 같았다.

할머니가 내 귀 뒤쪽을 긁어 주면서 말을 꺼냈다.

"키티야, 너도 이제 다 컸으니 언젠가는 돌봐야 할 아기 고양이들도 생길 거란다. 그때가 되면 나는 더 이상 도움이 안 되겠지만 넌 혼자서도 충분히 잘 해낼 거야. 너는 정말 멋진 고양이가 되었어. 너는 영리하고 강하단다. 공연히 잘난 척이나 하는 사람들보다 훨씬 더 마음도 넓지. 넌 네 길을 잘 찾아갈 거야. 내가 무슨 말을 하려는지 알겠지?"

물론 나는 엠마 할머니 말을 알아들었다. 멍청한 고양이가 아니었으니까. 앞으로 언젠가 내가 혼자 남게 될 때를 대비해서 마음의 준비를 시키려는 것이었다. 하지만 나는 그런 날을 상상하기도 싫었다. 그래서 나비들한테서 시선을 떼지 않은 채 고개를 흔들며 이렇게 대답했다.

"앞으로도 그냥 계속 지금처럼 지내면 되잖아요."

할머니는 슬픈 표정으로 말했다.

"아니, 그럴 수는 없단다. 그렇게는 안 돼. 내가 너무 나이가 들었거든. 매일 기력이 약해지는 게 느껴지는걸. 내가 이제까지 살아오면서 터득한 삶의 지혜를 너한테 나누어 주려면 시간이 많지 않구나."

"삶의 지혜요? 그게 뭔데요?"

"그건 오랜 세월을 살면서 얻은 중요한 깨달음인데 너한테 전해 주고 싶은 거란다. 그래야 네가 나와 같은 실수를 하지 않을 테니."

"누구나 실수할 권리가 있지 않나요? 그것도 삶의 지혜 아닌가요?"

나는 할머니를 보며 물었다.

할머니는 큰 소리로 웃음을 터뜨렸다. 그러다가 기침을 했는데 소리가 정말 안 좋게 들렸다. 기침이 어느 정도 가라앉자 할머니는 이렇게 말했다.

"그건 삶의 지혜가 아니라 어리석음이겠지. 실수할 권리가 있다는 생각으로 실수를 계속하는 것보다야 피하는 것이 어느 모로 보나 훨씬 낫단다. 많으면 많을수록 좋다는 말은 실수에 관한 한 맞지 않아. 게다가 네가 몇 가지 실수를 피한다고 해도 분명 실수할 기회는 충분히 남아 있을걸."

"할머니가 한 가장 큰 실수는 뭐였어요?"

할머니는 곧바로 대답을 했다. 마치 기다렸다는 듯 바로 답한 걸로 보아 '자신에게 종종 이 질문을 던지고 스스로 대답을 해 왔구나.' 하는 생각이 들었다.

"아이를 갖지 않은 거란다. 나는 내내 남의 아이를 돌보는 것만으로도 충분하다고 생각했지. 그런데 내 생각이 틀렸다는 걸 알았을 때는 이미 너무 늦었더구나."

"지금은 제가 있잖아요."

나는 할머니 품에 꼭 달라붙었다. 할머니는 떨리는 손으로 내 등을 쓰다듬었다.

"그래. 네 말이 맞다. 하지만 너는 사람이 아니잖니. 이런 말이 있지. '고양이가 카나리아를 잡아먹었다고 해서 카나리아처럼 노래를 부를 수는 없다.' 네가 노래를 부를 수는 없어도 행복한 고양이가 되면 좋겠구나."

"그렇게 되려고 기다릴 필요가 없는걸요. 저는 벌써 행복한 고양이니까요."

내가 너무 큰 소리로 대답했는지 나비들이 깜짝 놀라 라일락꽃에서 날아가 버렸다.

갑자기 오싹 소름이 끼쳤다. 구름이 다시 해를 가려서만은 아니었다. 마치 나쁜 꿈이나 예감이 나를 덮친 것 같았다. 그림자가 또다시 내 위로 드리웠다.

10

대수롭지 않게 여긴 일이
삶에 커다란 변화를 불러오기도 한다.
원하든 원하지 않든
받아들여야 하는 일이 생길 수 있다.

　할머니는 언젠가 나에게 수탉이 거름 더미 위에서 울면 삶에 변화가 생긴다는 속담을 말해 준 적이 있다. 말도 안 되는 소리다. 삶이란 건 원래 한결같은 모습으로 흘러가지 않는 법이다. 수탉이 울지 않아도 그건 알 수 있다. 이러이러하면 이렇게 된다는 식의 문장을 접하면 각별한 주의가 필요하다. 좋은 뜻인 경우가 거의 없기 때문이다. 이를테면 내가 원하는 걸 네가 하지 않으면, 네가 원하는 걸 나도 하지 않는다. 이건 좀 더 노력하지 않으면 특별 간식은 못 먹게 된다는 뜻이다. 하지만 엠마 할머니와 함께 지내는 삶이 하루아침에 완전히 달라져 버릴 수도 있다는 건 전혀 예상하지 못했다. 그런데도 그런 일이 일어나고 말았다.

사실 그 일이 처음 시작되었을 때는 정말 대수롭지 않아 보였다. 언젠가부터 저녁에 나를 어루만질 때면 매일 조금씩 할머니의 체온이 높아지는 게 느껴졌다. 하지만 나는 별다르게 생각하지 않았다. 무엇보다도 틈만 나면 무언가를 곰곰이 생각하기보다는 꾸벅꾸벅 조는 버릇이 있었기 때문이다. 더군다나 다른 고양이들과 마찬가지로 따뜻한 걸 워낙 좋아했기에 따뜻하게 느껴질수록 할머니한테 점점 더 찰싹 달라붙었다. 그러면서도 정말 멍청하게 아무 생각이 없었다. 두 살이 넘은 고양이가 어떻게 그렇게 순진했는지! 어쨌든 나는 아무것도 알아차리지 못했다. 아니, 어쩌면 아무것도 알고 싶지 않았는지도 모른다.

그러던 어느 날 할머니는 밤새도록 기침을 한 다음 날 아침에 자리에서 일어나지 못했다. 매일 아침 집집마다 순찰을 도는 관리인 홀바인 씨가 할머니를 보고 무척 놀라서 곧바로 의사를 불렀다.

나는 침실 창문으로 은색 차를 탄 의사가 도착하는 걸 내려다보았다. 뽐내기 좋아하는 사람들이 몰고 다니는 자동차였다. 그 의사는 첫눈에 벌써 마음에 안 들었다. 너무 크고 뚱뚱할 뿐만 아니라 목소리도 너무 컸다. 연회색 양복에 조끼를 걸쳤는데 가운데 단추가 떨어져 나가고 없었다. 면도를 안 했는지 얼굴에는 회갈색 턱수염이 삐죽삐죽 솟아 있었다. 한마디로 지저분해 보였다. 못생긴데다가 아주 싫은 사람이었다. 의사는 청진기를 할머니 몸에 대어 소리를 들어본 후 두툼한 소시지처럼 생긴 손가락으로 여기저기 눌렀다. 할머니가 아무것도 느끼지 못하는 헝겊인형이라도 되는 것처럼 조심성 없는 손길이었다. 할머니가 신음 소리를 내고 심지어는 흐느끼기도 한 걸로 보아 분명히 아팠을 것이다. 할머니는 똑바로 누운 채 두 팔을 힘없이 양옆으로 늘어뜨리고 있었다.

나는 옷장 위로 폴짝 뛰어올랐다. 아래로 뛰어내리면서 의사의 얼굴을 마구 할퀴어 줄 심산이었다. 그 못된 의사가 엠마 할머니를 괴롭히는 걸 더 이상 가만히 지켜볼 수가 없었다. 내 생애 처음으로 머리끝부터 앞발 발톱 끝까지 복수심에 불타는 분노를 느꼈다. 의사를 향해 뛰어내릴 준비가 되자 나는 서서히 몸을 세웠다. 맹세컨대 정말로 의사를 공격하려고 했다. 분노를 터뜨릴 생각이었지만 잠시 주저했다. 공격이 최선의 방어라고 배우는 길고양이들과는 달리 나는 집고양이였기 때문이다. 마음속으로 신중한 행동과 비겁한 행동의 차이를 고민하면서 머뭇거리고 있을 때 진찰을 마친 의사가 주머니에서 휴대폰을 꺼내더니 구급차를 불렀다. 우리 집 주소를 알려 준 다음 의사는 얼른 "최대한 빨리 보내 주세요. 아주 급합니다."라고 덧붙였다. 그리고 다시 한 번 다급한 목소리로 재촉했다.

"응급 상황입니다. 서둘러 주세요! 환자가 탈진 위험이 있습니다."

전화를 하면서 의사는 나를 힐끗 쳐다보았다. 경멸하는 눈빛이라고 해석할 수밖에 없는 시선이었다. 나는 속으로 '내가 저 사람을 싫어하는 만큼이나 저 사람도 나를 싫어하는구나.' 하고 생각했다. 어쨌든 의사는 내가 옷장 위로 뛰어오른 걸 알고 있었다. 내가 자기를 공격할까 봐 겁을 내는 걸까, 아니면 내가 겁쟁이라는 걸 눈치 채서 경멸하는 걸까? 한편으로는 이런 생각도 들었다. 어쩌면 나한테 개인적으로 감정이 있다기보다는 그냥 고양이를 싫어하는 사람들 중 하나인지도 모른다. 무조건 고양이를 싫어하는 사람들도 꽤 많다던데. 물론 나로서는 그런 사람들이 있다는 걸 도저히 상상할 수가 없다. 우리를 싫어할 이유가 대체 무엇이란 말인가?

그때 갑자기 엠마 할머니가 의사에게 물었다.

"내 고양이는 어떻게 되나요?"

할머니 목소리가 너무 작아서 의사는 두 번이나 되묻고 나서야 "내 고양이 키티는 누가 돌봐 주나요?" 하는 질문을 알아들었다.

내가 사람이었다면 그 순간 울었을 것이다. 할머니 상태가 그렇게 안 좋은데도 내 걱정을 하다니. 하지만 나는 고양이라 울 수가 없었다. 마치 눈물이 고인 것처럼 눈이 따갑기만 했다.

뚱뚱한 의사는 무심하게 어깨를 으쓱하면서 나한테 조금 전보다 더 경멸 어린 시선을 던지더니 이렇게 대꾸했다.

"지금은 정말 고양이 걱정을 하실 때가 아닙니다. 기껏해야 동물 아닙니까."

나는 온몸의 털이 곤두서는 것을 느꼈다. 나더러 '기껏해야 동물'이라니! 내가 흔해 빠진, 멋대가리 없는 생명체인 줄 아나 보다. 내 이름은 끝에 Y자가 들어가는 특별히 예쁜 '키티'인데! 발톱을 날카롭게 세워 의사의 대머리를 사정없이 할퀴고 싶다는 참을 수 없는 충동이 또다시 밀려왔다. 그러나 충동에 그쳤을 뿐, 실제 행동으로 옮기기에는 용기가 부족했다.

잠시 후 그 꼴 보기 싫은 의사가 말했다.

"이런 경우에 대비해서 동물보호소가 있습니다. 당분간 거기가 있는 수밖에 없겠네요."

온몸의 피가 싸늘하게 식고 목덜미부터 꼬리 끝까지 난 털이 빳빳하게 곤두서는 기분이었다. 나는 속으로 '동물보호소만 아니라면 다 괜찮아. 동물보호소는 절대로 안 돼!' 하고 외쳤다. 무슨 일이 있어도 우리에 갇힐 수는 없다. 동물보호소에 있는 동물들은 전부 두세 발짝 떼기가 힘들 정도로 좁은 우리에 갇혀 있다고 한다. 동물보호소 얘기는 어쩌다가 한 번씩 말을 나누는 이웃집 수고양이 핍스한테서 들었다. 핍스는 방랑자 기질이 있었다. 게다가 고양이로서는 아주 드물게 완전 길치라 가끔 길을 잃고 헤매다가 동물보호소로 끌려가곤 했다. 그럴 때마다 핍스 주인이 와서 데려갔다. 왜 그러는지 나로서는 이해하기 힘들었다. 핍스는 자기를 돌보는 사람에게 전혀 고마워하는 기색이 없었고 심지어는 자기 집에 애착이 있는 것 같지도 않았다. 핍스가 유일하게 애착을 느끼는 게 있다면 자기 사료 접시일 거다.

의사가 구급대원들을 맞이하러 아래층으로 내려가자 나는 얼른 옷장에서 뛰어내려 엠마 할머니 머리 근처로 가 몸을 둥글게 말았다. 할머니 어깻죽지와 목 사이 움푹 팬 부분은 부드럽고 따뜻해서 내가 가장 좋아하는 장소였다. 할머니는 눈물을 흘리고 있었다. 호흡은 거칠었는데 자꾸만 숨을 헉헉거렸고 내쉬는 숨결이 피부보다 더 뜨거웠다. 그러다가 할머니는 잠이 들었다. 내 머리에 입맞춤을 해 주는 할머니의 메마른 입술이 느껴졌다. 나는 작별 인사로 나를 그토록 자주 다정하게 쓰다듬어 주던 할머니의 손을 핥았다. 할머니는 움찔하면서 미소를 지었지만 잠에서 깨지는 않았다.

나는 잠든 할머니를 두고 훌쩍 떠나는 것이 정말 내키지 않았다. 나는 핍스와는 전혀 달리 충성심이 강하기 때문이다. 하지만 불쾌하기 짝이 없는 의사를 또 마주치고 싶은 마음은 조금도 없었다. 그리고 '동물보호소' 소리를 다시는 듣고 싶지 않았다. 나는 할머니를 마지막으로 한 번 더 쳐다본 후 계단을 달려 내려가 주방 창문을 통해 도망쳤다.

동쪽 하늘에 해가 제법 솟아올라 빵집 건물 뒤편의 숲 바로 위에 걸려 있었다. 빵집 건물은 해를 등지고 있어서 아주 어둡게 보였다. 삐죽삐죽한 톱니 모양 검은색 형체가 꼭 가위로 오려 낸 것 같았다. 집 밖으로 빠져나와 정원을 달려가는데 사과나무가 보였다. 엠마 할머니와 내가 종종 그 아래 앉아서 휴식을 취했던 나무였다. 나는 사과나무 위로 올라갔다. 어렸을 때 처음으로 나무 타기를 연습한 것도 그 나무였다. 처음에는 나무 기둥을 타고 오르다가 중간에 쭉 미끄러지곤 했다. 그러다가 드디어 나뭇가지까지 가는 데 성공했지만 겁이 났다. 올라가긴 했는데 어떻게 내려가야 할지 몰라서였다. 나는 잔뜩 겁을 먹고 어쩔 줄 모르고 야옹야옹 울기만 했다. 할머니도 도와줄 수가 없었다. 키가 작아서 아무리 손을 뻗어도 내가 앉은 나뭇가지까지 닿지 않았기 때문이다.

잠시 후 할머니는 어디론가 사라졌다. 나를 두고 그냥 가 버린 줄 알았다. 이제 영영 나무에서 내려가기는 글렀구나 싶어 눈앞이 캄캄해졌을 때 할머니가 사다리를 든 홀바인 씨와 함께 나타났다. 홀바인 씨는 나무에 사다리를 대고 올라와 나를 품에 안고 내려가 할머니 무릎에 내려놓았다. 할머니가 감사 표시로 돈을 건네자 홀바인 씨는 한사코 거절하다가 몇 차례 실랑이 끝에 결국 받았다. 홀바인 씨가 매일 아침 할머니한테 별일 없는지 확인하려고 들를 때마다 나를 나무에서 내려준 일이 생각났다. 남을 위해 마음을 쓸 줄 아는, 정말 배려심이 많은 사람이다.

나는 적당한 나뭇가지를 골라 자리를 잡았다. 나뭇잎이 우거져 있어서 들키지 않고 우리 집과 집 앞 도로를 지켜볼 수 있었다. 더 늦게 도망쳤더라면 큰일 날 뻔했다. 내가 사과나무 위에 자리를 잡기가 무섭게 푸른색 경광등을 단 구급차가 도착했다. 하얀색 옷을 입은 구급대원 두 명이 차 트렁크에서 들것을 꺼내 들고 의사를 따라 집 안으로 들어갔다.

얼마 지나지 않아 구급대원들이 엠마 할머니를 들것에 싣고 나오는 모습이 보였다. 두 사람은 조심스럽게 현관문을 통과해 계단 세 개를 내려온 후 정문으로 나왔다. 그러고는 내내 눈을 감고 가만히 있는 할머니를 들것 채로 차에 태웠다. 그 모습을 나는 나무 위에 앉아 지켜보기만 했다. 그때 동물보호소에 끌려갈까 봐 너무 겁나서 할머니와 제대로 작별 인사를 못 한 것이 두고두고 후회가 된다. 할머니한테 달려가 뺨을 핥으면서 "빨리 나으세요!" 하고 속삭였더라면 얼마나 좋았을까! 나는 고작 나무 위에서 상냥하게 야옹 소리를 보내는 걸로 만족해야 했다. 할머니는 내 인사를 듣지 못했을 것이다. 그리고 홀바인 씨가 자기 집 현관에 서서 손을 흔드는 것도 당연히 보지 못했을 것이다.

구급차가 푸른색 경광등과 함께 멀어져 갔다. 할머니를 진찰했던 뚱뚱한 의사도 자동차를 타고 떠나자 갑자기 사방이 아주 조용해졌다. 심지어는 새들도 재잘거림을 멈췄다.

11

꿈은 거품이다.
단지 약속,
거의 지켜진 적이 없는
약속일 뿐

얼마나 오래 사과나무 위에 앉아 있었는지 모르겠다. 해가 하늘 높이 솟아올랐을 때 살그머니 집 안으로 들어가 엠마 할머니 침대에 누웠다. 침대는 여느 때와 마찬가지로 부드러웠지만 할머니가 없어서인지 평소와 달리 별로 매력적으로 보이지 않았다. 베개에 코를 깊이 박아 보니, 여전히 할머니 냄새가 났다. 저녁에 세수할 때 쓰는 라벤더향 비누와 잠이 잘 들도록 침대에서 한 잔씩 마시는 포트와인이 섞인 냄새였다.

날이 점점 어두워졌다. 해가 진 지 한참 되었다. 길 건너편 가로등 불빛이 창문을 통해 희미하게 스며들어 왔다. 사방이 온통 회색으로 보였다. 나는 할머니 침대에 가만히 누워 있었다. 자꾸만 할머니 생각이 나서 잠들기는커녕 졸지도 못했다. 두 눈을 꼭 감은 채 꼼짝도 하지 않던 할머니의 모습이 머릿속을 떠나지 않았다.

나는 '포트와인 한 잔을 마시면 잠이 오지 않을까?' 하고 고민했다. 예전에 할머니가 포트와인을 아주 조금 맛보게 해 준 적이 있었는데 정말 맛이 없었다. 맛은 없더라도 잠드는 데에는 분명 도움이 될 거라는 생각이 들었다. 나는 절반쯤 차 있는 와인 병의 코르크 마개를 빼려고 애썼다. 하지만 내 힘으론 도저히 뺄 수가 없었다.

다행히도 고양이는 멍청하지 않다. 뭔가를 원하면 어떻게든 방법을 찾는다. 나는 와인 병을 조심스럽게 옆으로 쓰러뜨린 후 탁자 모서리까지 살금살금 굴린 다음 병을 탁 쳐서 바닥에 떨어트렸다. 와인 병이 요란하게 파삭 소리를 내면서 부서졌는데, 귀가 따가울 만큼 시끄러운 소리였다. 달콤한 와인 냄새가 풍겨 왔다. 병에서 흘러나온 와인이 침대 옆 깔개에 스며들었고, 나머지는 마룻바닥을 적시고 있었다. 혓바닥은 이럴 때 쓰라고 있는 거다! 나는 얼른 와인을 핥기 시작했다. 별로 맛은 없지만 달콤한 액체를 한 방울도 남김없이 핥아 먹었다.

잠시 후 속이 거북해졌다. 도저히 참을 수 없을 정도였다! 혼란스러운 생각들이 머리를 스쳤다가 붙잡을 새도 없이 사라져 버렸다. 용케 한 가지 생각을 붙잡았다 싶으면 금방 머릿속을 빠져나가 산산조각이 나고 말았다.

갑자기 어디선가 나를 부르는 소리가 들려왔다. 고개를 들어 쳐다보니 호랑이 줄무늬를 가진 붉은색 고양이가 노란색 미나리아재비 꽃밭에 앉아 있었다. 붉은색 고양이는 어쩐지 귀에 익은 목소리로 "어서 해 봐! 용기를 내!"라며 나를 설득했다.

나는 온몸에 바짝 힘을 주고 뛰어오를 준비를 했다. "어서 해 봐!" 하는 소리가 다시 들렸을 때 나는 힘껏 뛰어올랐다. 그 순간 내 동작이 너무 어설퍼 높이 뛰어오르지 못하고 꼴사납게 나동그라질 거라는 생각이 들었다. 하지만 나는 바닥에 떨어져 큰 대자로 뻗는 대신 놀랍게도 날기 시작했다.

나는 날개 없는 새처럼 하늘을 날아다녔다. 점점 더 높이 날아올랐을 때 노란색 미나리아재비 꽃밭이 놀랍게도 꽃밭이 아니고 풍선 다발이라는 걸 알아챘다. 풍선마다 묶여 있는 줄에는 빨간색과 초록색, 노란색과 파란색 쥐들이 대롱대롱 매달려 있었다. 쥐들은 원래 박쥐만 빼고는 다 회색인데. 박쥐는 갈색을 띠고 있으며 맛이 별로다. 풍선에 매달린 쥐들을 누가 이렇게 알록달록하게 색칠했을까, 그리고 어떻게 풍선에 매달았을까 생각하고 있는데 갑자기 아래로 떨어지는 느낌이 들었다. 하염없이 추락하는 기분이었다. 그러다가 바닥에 '쾅!' 하고 부딪치는 순간 눈앞이 온통 깜깜해졌다.

12

생존이 걸린 문제에

맞닥뜨렸을 때

누군가 쓰다듬어 주길 바라는 건

사치일 뿐

'고양이가 술을 마시면 다음 날 컨디션이 좋지 않다.'

이 말은 내가 생각해 낸 말이다. 엠마 할머니가 들었다면 분명
히 삶의 지혜가 담겨 있다고 했을 것 같다. 와인을 마시고 잠들었
다가 머리는 무겁고 목이 부어서 깨어난 아침에 이 말이 떠올랐다.
나는 엠마 할머니의 커다란 침대에 혼자였다. 처음으로 혼자 아침
을 맞은 것이다. 내가 기억하는 한, 그러니까 엠마 할머니와 함께

산 이후에 한 번도 혼자였던 적이 없었다. 마음 같아서는 당장 도로 눈을 감고 할머니가 돌아올 때까지 계속 자고 싶었지만 그럴 수는 없었다. 머리가 아무리 무거워도 궁리를 해야 했다. 혼자 지내야만 하는 시간을 어떻게 하면 잘 보낼지 계획을 세워야 했다.

지하실에 난 작은 창문을 통해 밖으로 빠져나오자 날카로운 햇살이 눈을 찔렀다. 물에 젖은 솜처럼 무거웠던 느낌은 줄어든 대신에 머리가 쿡쿡 쑤셨다. 머리가 무거울 때보다 불쾌감은 더했지만 어쨌든 좀 더 맑은 정신으로 생각할 수 있었다. 나는 해가 떠 있는 위치를 보고 벌써 정오인 걸 알아챘다. 반나절이나 잠으로 보낸 셈이다. 옆집 주방 창문으로 음식 냄새가 풍겨 왔다. 나는 '라이만 씨 가족이 오늘 점심에 굴라시(헝가리식 쇠고기 스튜)를 먹는구나.' 하고 생각했다.

조금 떨어진 곳에서는 홀바인 씨가 제들마이어 부인네 정원 입구에 서서 부인과 이야기를 나누고 있었다. 내가 얼른 지나가려는 순간 엠마 할머니 이름이 들렸다. 홀바인 씨가 "오늘 아침 슈베르트 여사가 입원하신 병원에 다녀왔어요." 하고 말했다.

나는 흠칫 놀라서 제들마이어 부인네 쓰레기통 뒤에 몸을 숨겼다. 홀바인 씨의 말이 계속해서 들려왔다.

"폐렴에 걸리셨답니다. 상태가 심각해서 면회가 안 된다고 하더라고요. 병실 창 너머로 잠깐 보는 것만 허락받았지 뭡니까. 끔찍했어요. 눈을 감고 침대에 누워 계시는데 몸에는 링거가 대여섯 개나 꽂혀 있었어요. 상태가 아주 나빠 보이더라고요."

제들마이어 부인은 머리를 긁적이더니 안 됐다는 표정을 지으며 이렇게 말했다.

"아이고, 어쩌나! 그 연세에 폐렴이면 쉽게 회복이 안 될 텐데요."

목소리에는 분명 남의 일에 호기심을 갖는 사람 특유의 울림이 있었다. 마음에 안 드는 사람이었다. 엠마 할머니는 언젠가 제들마이어 부인을 일컬어 사람들 험담을 일삼는 수다쟁이라고 평한 적이 있었다.

홀바인 씨는 동감이라는 듯 고개를 끄덕였다.

"그러게 말입니다. 담당의사를 만나 봤는데 회복될지 장담하기 어렵다고 하네요. 어쨌거나 벌써 여든이 가까우니 저항력도 많이 떨어졌을 겁니다. 몇 년 전 뇌졸중으로 쓰러진 뒤로 기력이 예전 같지 않기도 하고요. 의사 말로는 설령 폐렴이 낫더라도 건강을 되찾기까지는 오래 걸릴 거라더군요."

말을 마친 홀바인 씨는 크게 한숨을 쉬었다. 홀바인 씨가 할머니 건강을 염려하는 마음은 진짜였다.

나는 온몸이 떨리기 시작했다. 심장이 어찌나 빨리 뛰는지 관자놀이 핏줄까지 팔딱거렸다. 그러다가 머리가 쪼개질까 봐 겁이 날 지경이었다. '오래 걸린다는 게 무슨 뜻일까?' 하고 생각했다. 얼마나 오래? 일주일? 아니면 한 달? 할머니가 병원으로 실려 간 어제 이후로 하루도 너무나 긴데. 나는 두 사람이 알아채지 못하게 살며시 지나가려고 했다. 하지만 주변에서 일어나는 일은 하나도 놓치는 법이 없는 홀바인 씨가 나를 보고 말았다.

"슈베르트 여사가 키우던 고양이는 어떻게 해야 할지 모르겠네요. 제가 데려갈 수는 없는데. 아내가 고양이털 알레르기가 있거든요. 고양이를 키우는 집을 방문한 다음에는 꼭 겉옷을 차고에서 벗고 얼굴이랑 손을 씻고 나서 집 안으로 들어가야 한답니다. 그러지 않으면 아내가 기침을 심하게 하거든요."

제들마이어 부인은 툭 튀어나온 배에 두 손을 얹고는 이렇게 말했다.

"저도 키울 수 없어요. 소파나 안락의자가 온통 고양이털 범벅이 될 텐데 그 꼴을 어떻게 봐요. 고양이를 키운다는 건 집이 더러워지고 할 일이 많아진다는 뜻이라고요."

그 아줌마는 남의 험담이나 하는 수다쟁이였을 뿐만 아니라 무지했다. 아줌마가 고양이에 관해서 말도 안 되는 끔찍한 소리를 늘어놓는 걸 더 이상 듣고 싶지 않았다. 소파와 안락의자에 고양이털이 좀 묻으면 어떤가. 그게 뭐 끔찍한 일이라도 되는 것처럼 흥분할 필요가 없다. 깨끗한 걸레에 물기를 묻혀 한 번 쓱 닦으면 감쪽같이 사라진다.

나는 성난 눈초리로 제들마이어 부인을 노려보았지만 그 아줌마는 내 쪽을 쳐다보지도 않았다. 홀바인 씨에게 방이 겨우 두 개인 집에서 고양이를 다섯 마리나 키우는 어떤 부인 얘기를 하면서 열을 올리고 있었다.

"그 집 꼴이 어떨지 상상이 가세요? 고양이가 다섯 마리라니!

냄새는 또 얼마나 끔찍할까요."

아줌마는 역겹다는 듯 얼굴을 찡그렸다.

"작은 집에 고양이가 다섯 마리라니, 확실히 많긴 하네요."

홀바인 씨가 수긍했다. 나도 홀바인 씨 말은 인정했다. 나라도 그런 집에서 다섯 마리 중에 한 마리로 사는 건 사양이다.

나는 집으로 돌아와 베란다로 나갔다. 그리고 할머니가 종종 앉았던, 이제는 비어 있는 흔들의자에 올라가 앉았다. 화창한 날이라 나비들이 라일락 주변을 팔랑거리며 날고 있었지만 눈길도 주지 않았다. 눈앞에는 엠마 할머니만 떠올랐다. 링거를 주렁주렁 매달고 침대에 누워 있다는 할머니 모습이 머리를 떠나지 않았다. 링거로 어떻게 주사약과 영양분을 공급하는지 본 적이 없어서 상상이 잘 안 되었지만 분명 아주 심각할 것 같았다. 할머니 생각을 하면 마음이 아파서 어떻게든 다른 생각을 하려고 애썼지만 소용이 없었다. 병원에 누워 있는 할머니 모습은 아무리 밀어내도 자꾸만 머릿속을 비집고 들어왔다.

하지만 사실 할머니 생각보다 더 급박한 것이 있었다. 나한테는 계획이 필요했다. 할머니가 당분간 집에 못 온다면 어떻게 먹고살지 큰 문제였다. 할머니가 어쩌면 영영 못 돌아올지도 모른다는 생각은 하고 싶지 않았다. 나는 그 생각을 스스로에게 금지했다. 하지만 금지한들 무슨 소용인가. 내 머리가 말을 듣지 않는데. 할머니 없이 지낼 며칠간 혹은 몇 주간을 떠올리기만 해도 링거를 매단 할머니 모습이 불쑥 튀어나오고 어쩌면 다시는 할머니를 볼 수 없을지도 모른다는 불길한 생각이 머릿속을 떠다녔다.

　누가 나를 돌봐 줄까? 할머니가 집에 돌아올 때까지 누가 나한테 먹을 것과 마실 것을 줄까? 누가 나를 쓰다듬어 줄까? 이 생각이 들자마자 곧바로 나 자신을 꾸짖었다. 누군가 쓰다듬어 주기를 바라는 건 사치다. 지금은 사치스러운 소망을 품을 때가 아니었다. 지금 나는 생존에 직결된 문제를 해결해야만 할 처지다. 혼자 지내면서 먹을 것을 구하는 일이 당장 해결해야 할 문제다.

13

혼자 지내길
두려워할 필요가 없다.
내가 나 자신의 대장이니.

　나는 스스로에게 '혼자 지내는 건 사실 문제가 되지 않을 거야.' 하고 용기를 불어넣었다. 고양이들이 만나면 어떻게 하는지를 지켜보면 접촉을 싫어하거나 어울리기를 꺼리는 것은 아니라는 걸 알 수 있다. 고양이들은 다른 고양이를 만나면 이리저리 몸을 비비면서 인사를 한다. 그리고 잠깐이긴 하지만 사이좋은 친구처럼 둘 혹은 셋이서 함께 다니기도 한다. 때로는 여러 마리가 어울려 다니는 일도 있다. 하지만 이런 만남은 우연히 이루어지고 잠깐 동안 지속될 뿐이다. 진정한 우정을 맺거나 지속적인 관계를 유지하는 건 고양이의 세계에서는 무척 드물다. 우리는 본성적으로 혼자 지내기를 좋아하기 때문이다.

무리를 지어 다니거나 떼로 몰려다니는 행동은 자존감이 약한 동물이나 하는 행동이다. 무리를 지어 다니는 동물들에게는 항상 우두머리가 있기 마련인데 우리로서는 생각할 수 없는 일이다. 자존심이 조금이라도 있는 고양이라면 결코 다른 고양이에게 복종할 리가 없다. 우리의 본성이 용납하지 않기 때문이다. 피치 못할 사정이 있을 때만 다른 고양이의 말을 따르거나 도움을 받는다. 나도 나중에 어쩔 수 없이 플레키의 도움을 받았다.

이 문제로 대화를 나눴을 때 브루노는 "모든 고양이는 자기 자신의 대장이야."라고 말했다. 브루노의 말이 백번 옳다. 그러니 엄밀하게 따지면 고양이가 대체 무슨 이유로 사람과 함께 사는 건지, 적어도 겉으로는 독립성을 일부 포기한 건지 의문이 생길 수밖에 없다.

내 추측에 우리 조상이 처음에 사람들과 함께 지내게 된 건 일종의 생존 전략이었을 것이다. 예를 들어 한겨울 온 세상이 눈과 얼음으로 뒤덮이면 잡아먹을 쥐가 충분하지 않았을 것이다. 우리 조상은 분명 영리하지만 별로 부지런하지는 않았을 테고, 가만히 앉아서 어떻게 하면 굶주리지 않을까 이런저런 궁리를 했을 것이다. 궁리 끝에 비교적 편안한 길을 선택했고, 그렇게 고양이들은 사람들과 함께 살게 되었을 것이다.

그 당시 사람들은 이미 집을 지어 살고 있었다. 처음에는 진흙으로 지은 집이나 오두막 형태였다가 나중에는 나무로 지은 집, 그리고 마침내 돌로 된 집을 갖게 되었다. 그런 집에서 사람들은 겨울에도 불을 때서 따뜻하게 지낼 수 있었다. 그뿐만 아니라 수확기에 혹은 식량이 남아돌 때 곤궁한 시기를 대비해서 집 안에 식량을 쌓아 두었다. 곡식과 견과류, 약초와 채소, 말린 고기와 훈제 고기 그리고 치즈와 염소젖, 양젖 등을 보관했다. 집 안에 있는 음식은 쥐들을 끌어들였다. 쥐들은 살던 구멍에서 나와 사람들이 있는 곳으로 모여들었다. 밤에 몰래 사람들의 식량을 축내기 위해서였다.

여기서 우리의 조상이 등장한다. 쥐들이 사람들이 사는 곳으로 옮겨 가는 바람에 들판과 숲속에서 점점 사라지자 고양이들도 쥐들을 따라갈 수밖에 없었다. 쥐들을 그냥 포기할 수는 없는 노릇이었다. 자신들의 집에 갑자기 나타난 아름답고 우아한 동물이 식량 도적들을 쫓아내기까지 했으니 사람들은 대환영이었다. 그들은 새로 식구가 된 고양이들이 만족스럽게 지낼 수 있도록 정성껏 보살폈다. 우유와 잘게 자른 고기를 주고, 화덕 아래 따뜻한 곳에 잠자리를 마련해 줬다.

고양이들은 영리했기 때문에 사람들의 호의가 쉽게 음식과 따뜻함을 확보하고 추운 날씨로부터 보호받을 기회라는 걸 알아차렸다. 그래서 사람들이 베푸는 친절을 받아들였다. 그 대가로 집 안의 쥐를 없애 주고, 가끔 애교를 떨거나 적당한 때 가르랑거리기만 하면 자신의 독립성을 유지할 수 있었다. 먼 옛날 고양이들이 사람들과 처음 함께 살기 시작했을 때에도 그랬고 지금도 여전히 그렇다. 엠마 할머니와 내가 대표적인 경우다.

그러니까 혼자 지내는 건 겁낼 일이 아니다. 브루노 말처럼 내가 나 자신의 대장이 아닌가! 하지만 대장도 먹을 것이 필요한 법이다. 곰곰이 생각한 끝에 나는 어쩔 수 없이 쥐 사냥을 해야겠다는 결론에 이르렀다. 언젠가 엠마 할머니가 "어른 고양이는 하루에 쥐를 여덟 마리쯤 먹어야 한단다. 네가 하루에 먹는 사료 양이 말린 쥐 여덟 마리 정도 된다고 생각하렴." 하고 말한 적이 있다.

하루에 여덟 마리라니, 상상이 안 됐다. 작년 한 해 동안 내가 잡은 쥐를 전부 합해도 겨우 열 마리가 될까 말까 한데. 어른 고양이 배를 채우기엔 터무니없이 적은 숫자였다. 나는 마음이 무거웠다. 무슨 수로 쥐를 하루에 여덟 마리나 잡는단 말인가? 나는 쥐 사냥을 별로 잘하지 못한다는 걸 잘 알고 있었다. 그때까지는 쥐를 잘 잡으려고 굳이 애쓰지도 않았다. 배가 고파서 쥐를 잡았던 적은 한 번도 없었고 그저 고양이라면 누구나 가진 사냥 본능을 채우기 위해서 잡았을 뿐이다. 하지만 살아남으려면 단순히 본능을 충족하는 정도로는 턱없이 부족했다.

나는 효과적인 사냥법을 꼭 배워야만 했다. 언니 없이 자랐기 때문에 그걸 제때 배우지 못했다. 그러니 이제라도 쥐를 효과적으로 사냥하는 방법을 알려 줄 누군가를 찾아야 했다.

생각이 거기에 미치자 머릿속에 첫 번째로 떠오른 건 당연히 브루노였지만 곧바로 제쳐 놓았다. 절룩거린다는 걸 고려하지 않더라도 나처럼 집고양이이기 때문이다. 브루노가 가끔 쥐를 잡으러 다니는 건 알지만 그다지 기술이 좋은 것 같지는 않았다. 사실 내가 엠마 할머니와 함께 살 때 그랬듯이 브루노 역시 굳이 쥐를 잡을 필요가 없었다. 브루노는 휠체어로만 거동할 수 있는 사람과 함께 지냈다. 브루노의 표현에 따르면 그 사람이 자기를 굉장히 좋아해서 사료와 물을 주는 걸 잊어버린 적이 한 번도 없다고 했다. 그뿐만이 아니었다. 그 사람 무릎에 앉아 가르릉거리며 애교를 부릴 때마다 특별 간식을 받았는데 종종 한꺼번에 세 개를 받기도 했다고 한다. 브루노는 그 사람이 좋다고, 그동안 만났던 사람들 중에 그만큼 좋아한 사람은 없다고 말했다.

집고양이인 브루노는 내 문제를 해결하는 데에는 도움이 되지 않았다. 잘 생각해 보니 남는 건 길고양이들뿐이었다. 길고양이를 찾아 쥐 사냥 기술을 가르쳐 달라고 도움을 청할 수밖에 없었다. 결코 만만치 않은 일일 거라는 생각에 걱정이 되었다.

그래도 더 이상 머뭇거릴 수는 없었다. 사료 접시는 절반쯤 비어 있었다. 게다가 혹시 모를 경우에 대비해서 사료를 조금은 남겨 놓아야 했다. 나는 혼잣말을 했다.

'여기서 머뭇거리지 말고 얼른 행동에 옮겨! 어서 너를 도와줄 고양이를 찾아! 누가 일부러 찾아와 도와주겠다고 나설 일은 없어. 서둘러! 너를 도와줄 고양이를 찾으려면 분명히 시간이 많이 걸릴 거야. 첫 번째로 만나는 고양이가 곧바로 너를 도와주진 않

을 테니까.'

나는 마음속으로 '카산드라 언니, 제발 나 좀 도와줘!' 하고 애원했지만 아무런 대답도 들리지 않았다.

낙담한 상태로 나는 길을 나섰다.

14

살다 보면
운이 나쁜 경우가 많긴 하지만
운이 좋을 때도 있다.

나한테 길고양이로 살아가는 법을 가르쳐 준 것은 운 좋게도 첫 번째로 만난 고양이였다. 더구나 그 고양이는 가장 좋은 선생이었다. 까만색과 흰색에 붉은색 털이 섞인 삼색 고양이였는데 눈이 초록색이고 꽤 나이가 들었다. 나중에 브루노한테 그 고양이 얘기를 해 주자 이렇게 말했다.

"삼색 고양이는 행운을 가져온대. 털이 세 가지 색깔인 거랑 행운이 무슨 관계가 있는지는 모르겠지만."

그 고양이는 왼쪽 눈 주위에 둥글고 까만 얼룩이 있었다. 꼭 진한 까만색 물감 한 방울이 눈 위에 뚝 떨어진 것 같았다. 얼룩 때문인지 왼쪽 눈은 오른쪽 눈보다 더 짙은 초록색으로 빛났다. 그리고 앞발과 뒷발은 하얀색이어서 하얀 장화를 신은 것처럼 보였다. 이름은 플레키였다. 얼룩이 있는 고양이라고 이름을 플레키라고 붙이다니(독일어로 얼룩은 Fleck이고 플레키는 Felcki라고 쓴다.) 독창성이라곤 전혀 없는 이름이라고 생각했지만 입 밖에 내지는 않았다. 플레키한테 잘 보여야 할 처지였기 때문이다.

나는 플레키를 '시티-비스트로'라는 식당 뒤에 있는 쓰레기통 옆에서 만났다. 내가 옆으로 다가가 멈추어 서자 플레키가 말했다.

"사람들이 먹을 걸 얼마나 많이 버리는지 믿을 수 없을 정도야. 이 음식만으로도 고양이 한 마리가 너끈히 열흘은 버틸걸. 빨리 와서 먹어. 내일 쓰레기차가 오면 몽땅 사라져 버리니까."

플레키는 살점이 꽤 많이 붙은 뼈다귀 몇 점을 나에게 밀어 주었다.

"어서 먹어. 난 이빨이 약해져서 어차피 못 뜯어먹어. 게다가 벌써 커다란 고기 패티 반쪽을 먹었는걸. 이제 좋아하는 디저트를 먹을 차례야."

말을 마친 플레키는 찌그러진 치즈 케이크 한 조각을 날름거리며 맛있게 먹었다.

나는 뼈다귀를 뜯어먹기 시작했다. 그릴로 구운 닭고기 뼈였다.

엠마 할머니가 종종 슈퍼에서 사 왔던 것과 맛이 똑같았다. 한 입 삼키고 나니 생각보다 훨씬 더 배가 고팠었다는 걸 알았다. 할머니가 했던 '음식이 들어가면 식욕이 생긴다.'라는 말이 생각났다.

다 먹고 나서 우리는 고양이들이 식사를 끝내면 으레 하는 대로 앞발을 들어 입과 얼굴을 깨끗하게 닦았다. 잠시 후 나는 조심스럽게 내 상황을 설명하고 도움을 청했다.

플레키는 내 얘기를 처음부터 끝까지 참을성 있게 듣더니 이렇게 말했다.

"귀염둥이야, 운이 좋구나. 널 보자마자 내가 특히 예뻐했던 동생이 생각났어. 너처럼 붉은색 호랑이 줄무늬였거든."

나는 너무나 기뻐서 잠시 숨을 제대로 쉴 수가 없었다. 가까스로 호흡을 가다듬고 물었다.

"혹시 우리 언니야? 얼굴도 기억이 안 나고 이름도 잊었지만 내가 연못에 빠지기 전에 언니가 '하지 마!'라고 소리쳤던 건 아직도 귀에 생생한데."

플레키는 안타까운 표정으로 나를 쳐다보았다.

"아니, 난 네 언니가 아니야. 내 동생은 연못에 빠진 적이 없는 걸. 걔는 딸이 둘 있는 집에서 데려갔어."

나는 고개를 숙였다. 순식간에 찾아왔던 기쁨이 사라지고 깊은 실망감이 자리 잡았다.

플레키는 내가 실망한 걸 느꼈는지 위로해 주려고 자기 머리를 내 머리에 대고 비비면서 가르릉거렸다.

"호랑이 줄무늬를 가진 붉은색 고양이가 아주 드문 건 아니잖아."

내가 아무 반응이 없고 한마디 대꾸도 안 하자 플레키는 내 얼굴을 핥더니 달래는 듯한 투로 말했다.

"귀염둥이야, 좋은 생각이 있어. 우리, 자매처럼 지내는 거야. 나를 언니라고 생각해. 누가 뭐라겠어? 가짜 언니가 있는 게 아예 없는 것보다는 열 배나 좋잖아."

말을 마친 플레키는 잠시 침묵하다가 확신에 찬 말투로 덧붙였다.

"나한테도 분명히 가짜 동생이 있는 게 아예 없는 것보다는 열 배나 좋을 거야."

그렇게 눈이 초록색인 가짜 언니 플레키와 이름이 Y로 끝나는 나 키티는 서로를 만나 자매가 되었다. 그리고 플레키는 나를 항상 귀염둥이라고 불렀다.

"좋아, 그럼 이제 바로 수업을 시작해 볼까. 가자!"

우리는 가까운 공원으로 가서 작고 하얀 꽃이 잔뜩 핀 덤불 뒤쪽에 자리를 잡았다. 꽃에서는 이상한 냄새가 났다. 고약한 냄새였다. 하지만 우리는 개의치 않았다.

플레키는 수업을 시작했다.

"쥐를 잡으려면 무엇보다도 먼저 진짜 쥐구멍을 찾아내야 해. 쥐가 살고 있는 구멍 말이야. 구멍에 귀를 대고 주의 깊게 들어 보면 진짜 쥐구멍에서는 쥐가 땅속에서 앞발로 달각거리는 소리가 들려. 아주 작은 소리야. 갓 태어난 네 동생들이 어딘가를 긁었을 때 나던 소리를 떠올려 보면 돼. 그거랑 비슷하니까. 그런데 알아야 할 게 한 가지 더 있어. 쥐가 사는 구멍이랑 살지 않는 구멍이 어떻게 다른지를 알아야 해. 쥐가 살지 않는 구멍은 주위의 고리 모양 흙이 평평해. 비 온 직후가 아니라면 부석부석하게 말라 있고, 다른 데보다 색깔이 옅어. 반면에 쥐가 살고 있는 구멍은 주변 고리 모양이 좀 짙은 색이라 뚜렷하게 보여. 하지만 사실 둘 사이에 차이가 크지 않은데다가 백 퍼센트 확실하지도 않아. 그 이전까지 비어 있던 쥐구멍에 새로 쥐 한 마리가 들어가 살기 시작한 경우도 얼마든지 있으니까. 거꾸로 쥐가 살고 있다가 다른 곳으로 옮겨 간 경우도 있고.”

나는 설명을 주의 깊게 들었다. 플레키가 알려 준 것들은 쉽게 기억할 수 있었다. 숫자 계산을 빼놓고는 머리가 잘 돌아갔기 때문이다. 플레키는 짙은 초록색 눈으로 나를 빤히 쳐다보았다. 내가 제대로 알아들었는지 궁금해하는 표정이었다. 나는 고개를 끄덕이면서 다 이해했다고 말했다.

플레키가 다시 말했다.

“주의할 게 또 하나 있어. 쥐구멍을 지키고 있을 때에는 바람이 불어오는 쪽으로 얼굴을 향해야 해. 그래야 쥐가 네 냄새를 못 맡거든. 그리고 꼼짝도 하지 말고. 조금이라도 움직이면 쥐가 눈치를 챌 테니까. 꼬리를 아주 가볍게 살랑살랑 흔드는 건 괜찮아. 그 정도 움직임은 못 알아차려.”

나는 다시 한 번 고개를 끄덕이면서 속으로 생각했다.

‘당연하지. 그쯤은 혼자서도 충분히 생각할 수 있는걸.’

플레키가 설명을 계속했다.

"점프 거리 정도에서 구멍 앞을 이렇게 지키고 있는 거야. 잘
봐."

플레키는 머리를 약간 앞으로 내밀고 앞발을 끌어당긴 채 웅크
린 자세를 했다. 그 자세로 뭔가 말하려고 할 때 내가 얼른 말했다.

"어떻게 하는 줄 알아. 고양이라면 태어날 때부터 아는 거잖아."

플레키가 말을 이었다.

"그래. 이제 꼭 명심해야 할 게 남았어. 쥐 사냥에서 가장 중요
한 거야. 너한테 필요한 건 첫째도 인내심, 둘째도 인내심, 셋째도
인내심이야. 모든 생각을 멈추고 오로지 쥐구멍에만 집중해. 그렇
게 해도 운이 나쁜 경우가 있어. 쥐들은 정말 잽싸거든. 구멍에서
나오자마자 바로 낚아채지 않는 한 잡기 힘들어."

나는 속으로 '나도 잽싼데.' 하고 생각했다. 어쨌든 플레키보다
는 동작이 훨씬 빠르다. 물론 그 생각을 말하지는 않았다. 플레키
를 언짢게 만들고 싶지 않아서였다. 게다가 가짜 언니, 눈이 초록
색인 얼룩 고양이 플레키가 나를 위해서 해 준 모든 일이 말할 수
없이 고마웠기 때문이다.

15

많은 생각은 칼날과 같아서
모든 걸 잘게 쪼갠다.
그러니 때로는 머릿속이 텅 비는 것이
나을지도 모른다.

이 시도 엠마 할머니가 지은 것처럼 들리지만 실은 내가 지었다.
할머니 입장에서 써 본 것이다. 나는 자주 엠마 할머니 생각을 했
다. 할머니가 여기 있다면 뭐라고 말했을까, 어떻게 행동했을까를
상상해 보았다. 그리고 할머니의 기대에 어긋나지 않게 행동하려
고 애썼다.

나는 많은 시간을 새로 생긴 가짜 언니 플레키와 함께 보냈다.

그 생활은 점점 더 마음에 들었다. 우리는 주변 동네를 돌아다녔다. 주택단지 뒤 들판과 사람들 집에 있는 정원 그리고 공원이 우리의 주된 사냥터였다.

쥐를 사냥하는 기술은 날로 좋아졌다. 물론 매일 여덟 마리를 잡진 못했다. 사실 굳이 그럴 필요도 없었다. 플레키가 쓰레기통을 뒤지는 법을 가르쳐 주었다. 그리고 주택단지 가장자리에 있는 학교 마당에 아이들이 간식용 빵을 담아 왔던 종이봉투가 많은데 그 안에는 항상 무언가 먹을 것이 있다는 사실도 알려 주었다. 아이들은 배가 고프지 않거나 빵이 맛이 없으면 봉투째 내버렸다. 다행히 우리한테는 맛이 있었다.

우리는 종이봉투 안에 머리를 들이밀고 쉽게 먹을 걸 발견했다. 그 안에는 소시지나 햄, 간소시지, 살라미가 든 빵처럼 정말 맛있는 것들이 종종 있었다. 때로는 꿀을 바른 빵이나 케이크 조각처럼 플레키가 특히 좋아하는 단것이 들어 있기도 했다.

플레키는 또 어떤 집 개 밥그릇이 집 밖에 있는지도 알려 주었다. 개 밥그릇을 현관문 밖이나 테라스에 놓는 집들이 있는데 아마도 사료 냄새가 거슬려서 그런 모양이었다.

우리는 울타리 뒤에 몸을 숨기고 개가 혹시 정원에 있는지 주의 깊게 살폈지만 그런 경우는 극히 드물었다. 플레키가 속삭였다.

"개들은 보통 사람들 곁을 잘 떠나지 않아. 왜 그러는지 도무지 이해가 안 가지만."

개가 집 안에 있어서 위험하지 않다고 판단되면 우리는 기회를

놓치지 않고 테라스나 현관문으로 살금살금 다가가 사료를 마음
껏 먹었다.

밥그릇 주인에게 걸린 적은 딱 한 번 있었다. 뚱뚱하고 꼬리가
우스꽝스럽게 뭉툭한 복서(싸울 때 단단한 앞발로 권투하는 자세를 취하는 데
서 이름이 붙여진 작업견 품종)였는데 잔뜩 화가 나서 입가에 침을 질질
흘리고 있었다. 그 개는 큰 소리로 짖으며 온 힘을 다해 우리를 쫓
아왔지만 워낙 뚱뚱한데다가 다리가 굽어 아주 빠르진 않았다. 그
래서 우리는 울타리 옆 벚나무로 아슬아슬하게 도망칠 수 있었다.
벚나무에 이르자마자 우리는 휙 날아올라 첫 번째 가지 위에 올라
앉았다가 얼른 나무를 타고 내려와 울타리 반대편으로 갔다. 멍청
한 복서가 미친 듯이 짖었지만 우리한테 아무 짓도 할 수 없었다.

나는 어찌나 무서웠던지 온몸이 바들바들 떨렸다. 하지만 플레
키는 금세 괜찮아졌다. 꼬리를 치켜세운 채 울타리에 바싹 다가
왔다 갔다 하면서 복서의 약을 올렸다. 멍청한 복서는 계속 짖어
댔다. 나는 평소에 내 마음속의 언니 카산드라가 자신만만하고 용
감하면 좋겠다고 생각했기에 가짜 언니 플레키가 정말 자랑스러
웠다. 플레키의 용기에 감탄하면서도 행동을 따라 할 엄두는 나지
않았다. 나는 전에도 말했지만 그다지 용감하지 않았기 때문이다.
그래서 만약의 경우에 대비해 울타리에서 멀찌감치 떨어진 채 플
레키를 뒤쫓았다.

플레키는 좋은 선생이었고, 참을성도 대단했다. 내가 말을 잘 못
알아듣거나 가르쳐 준 것을 제대로 못해도 그저 이렇게 말했다.

"괜찮아, 이제 곧 배울 거야. 누구도 하루아침에 잘할 수는 없어."

나는 계속해서 새로운 것들을 배워 나갔다. 단 하나 결코 배울 수 없었던 것은 절반쯤 찬 쓰레기통을 옆으로 쓰러뜨리는 일이었는데 그건 지금도 못한다. 하긴 그걸 플레키만큼 잘하는 고양이는 본 적이 없다. 다른 고양이들은 어쩌다가 한 번 운 좋게 성공할 뿐이었다. 플레키는 쓰레기통 앞에 웅크리고 앉아 어떤 부분을 점찍었다. 그 지점을 플레키는 '쓰레기통 충격 작용점'이라고 불렀다. 플레키가 풀쩍 뛰어올라서 온 힘을 다해 그 지점에 몸을 던지면 쓰레기통이 옆으로 쓰러지면서 반동으로 뚜껑이 열렸다. 대개는 한두 번만으로도 쓰레기통이 옆으로 쓰러졌다.

나는 플레키와 함께 하는 생활에 적응해 갔다. 솔직히 말해서 새로운 생활은 마음에 들었다. 나는 그사이 살이 좀 빠진 것 같이 느껴졌다. 항상 가득 차 있던 사료 접시가 더 이상 없어서이기도 하지만 몇 시간이든 꾸벅꾸벅 졸면서 빈둥대던 예전과 달리 먹을 것을 구하기 위해 끊임없이 돌아다녀야 했기 때문이다. 내 발걸음은 가벼워졌고 점점 더 가벼워져 갔다. 나 혼자서 먹을 걸 해결할 수 있다는 사실을 깨닫자 기분이 좋았다. 접시에 조금 남았던 사료는 진작에 먹어치웠다. 마실 물은 하늘색 주택의 정원에 있는 금붕어 연못이나 공원의 연못에서 해결했다. 공원 연못가에 물이 얕게 고인 웅덩이가 두어 군데 있어서 발이 젖지 않고도 물을 마실 수 있었다. 내가 특히 좋아했던 장소는 높이 솟은 갈대 사이에 있는 평평한 돌이었다. 거기서 물을 마실 때에는 균형을 잃지 않도록 아주 조심했다. 물에 빠지면 얼마나 위험한지 몸소 겪어 보았기 때문이다. 이번에는 물에 빠지면 커다란 앞발로 나를 구해 줄 수고양이가 나타날 리 없었다. 고양이는 태어날 때 목숨이 일곱 개라는 말도 나한테는 아무 소용이 없었다. 이번 삶이 마지막 삶, 그래서 결국 무의미하게 낭비한 삶이 되고 말 터였다.

용변은 주택단지에 있는 정원 아무 곳에나 봤다. 엠마 할머니 생각을 무척 자주 했기 때문에 용변을 볼 때면 할머니가 내 화장실을 청소하면서 부르던 노래를 머릿속으로 흥얼거렸다. 고양이 화장실이 고양이를 기쁘게 한다는 가사였는데 사실 말이 안 된다. 고양이를 기쁘게 하는 것은 화장실 자체가 아니라 '깨끗한 화장실'이니까. 할머니 집 지하실로 통하는 계단 옆 고양이 화장실은 더 이상 쓸 수 없는 상태였다. 그러니 남의 집 정원을 이용하는 수밖에 없었는데 다행히 단지에는 정원이 차고 넘쳤다. 제대로 된 고양이라면 앞발로 흙을 파서 만든 작은 구덩이에 볼일을 본 다음 뒷발을 써서 구덩이를 흙으로 덮는 행동이 자연스러운 법이다. 용변을 보고 싶다는 건 아무한테도 말할 필요가 없는 지극히 개인적인 욕구다. 게다가 방금 거기 있었고 조만간 다시 올지도 모른다는 사실을 누구한테 알릴 수는 없는 법이다. 은밀하고 조심스러운 행동이야말로 우리 고양이들의 큰 미덕이다.

나는 캄캄한 저녁이 되면 집으로 가서 엠마 할머니 침대에 누웠다. 할머니 침대는 이제 내 침대가 되었다. 자려고 누우면 할머니가 새삼 그리웠다. 할머니와 함께 살던 때가 머리를 스쳐갔다. 언젠가 할머니 옛 동료 교사가 찾아와 에르빈이라는 사람이 죽었다는 소식을 전해 주던 일이 떠올랐다.

엠마 할머니는 그 소식을 듣고 아무 말도 하지 않았다. 할머니 눈동자가 텅 빈 듯이 보이고 얼굴도 어쩐지 달라 보였다. 나는 할머니를 잘 알기에 몸만 여기 있지, 생각은 딴 데 있다는 걸 알았다. 할머니의 동료 교사는 아무것도 못 알아차리고 이런저런 얘기를 계속했다. 많은 사람들이 이렇게 둔감하다. 우리 고양이들보다 훨씬 둔감하다. 보는 거든 듣는 거든 냄새 맡는 거든 할 것 없이. 그 사람들 탓은 아니다. 그냥 그렇게 태어난 거니까.

며칠 후 할머니는 검은색 원피스에 검은색 코트를 걸친 후 무표정하게 굳은 얼굴로 장례식에 참석하러 갔다. 몇 시간이 지나 장례식장에서 돌아온 할머니의 얼굴은 여전히 무표정하고 낯설었다. 더욱 이상했던 건 할머니가 장례식이 어땠는지 나한테 한마디도 하지 않았다는 사실이다.

장례식에 다녀온 지 며칠이 지나도록 할머니는 평소와는 다르게 말이 없었다. 할머니한테 에르빈이라는 사람을 많이 좋아했냐고 묻자 뭐든지 다 알려고 들지 말라면서 화를 냈다. 그저 간단한 질문을 했을 뿐인데 할머니가 화를 내서 나는 무척 속이 상했다.

그 일로 전에는 미처 생각하지 못했던 사실을 한 가지 깨달았다. 할머니한테는 다른 삶이 있었다. 내가 할머니랑 함께 살기 전의 삶, 내가 모르는 긴 시간의 삶이었다. 나는 이전의 삶에서 할머니에게 의미가 있었던 사람들과 동물들에게 질투심 비슷한 감정을 느꼈다. 그중에서도 가장 마음이 아팠던 건 할머니가 예전에 나 말고 다른 고양이랑 살았을지도 모른다는 생각이 들었을 때다. 엠마 할머니는 나만의 할머니여야 했다. 나는 할머니가 사랑한 유일한 고양이여야 했다. 누구하고도 할머니의 사랑을 나누고 싶지 않았다. 할머니 기억 속에서 계속 살고 있는 다른 고양이가 사랑을 나누어 받는 건 특히나 안 될 일이었다.

그때 일을 떠올리자 참 슬프기도 하고 화도 나서 한참 동안 잠이 오지 않았다. 나는 속으로 생각했다. '이럴 때 포트와인을 좀 마시면 도움이 될 텐데.' 하지만 지난번에 와인 병을 깨뜨리지 않았던가! 나는 '자업자득이지.' 하고 혼잣말을 했다. 자기가 저지른 일의 결과를 어떻게 그리고 왜 돌려받게 되는지는 몰랐지만.

16

때로는 환한 대낮보다
밤에 더 많은 걸
볼 수 있다.

엠마 할머니가 집에 있었다면 내 말을 듣고 삶의 지혜라고 하지 않았을까? 내가 겪은 일들을 할머니한테 얘기했다면 분명히 그렇게 말했을 거다. 하지만 나는 아마도 할머니에게 말하지 않았을 것 같다. 밤은 나 혼자만의 영역이니까. 아무리 사랑하는 할머니라도 내가 밤에 경험한 것들을 털어놓지는 않았을 거다.

어느 날 밤, 오래된 빵집 건물 마당에 고양이들이 모였다. 나는 이번에도 모임이 애초에 누구 생각이었는지, 누가 모임을 주선했는지 알아내지 못했다. 어쩌면 모임에 속한 고양이들 귀에만 들리고 그들만 알아들을 수 있는 소문이 돌았는지도 모른다. 나는 아직 모임 속 고양이 무리에 끼지 못했다. 한참 시간이 흐르고 나서야 비로소 그 무리에 끼었다. 그렇게 되자 나도 다른 고양이들처럼 모임 소식을 마치 내 안에 기대감을 불러일으키는 따스한 바람처럼 느낄 수 있었다. 고양이들의 모임에 처음으로 함께 어울리던 날 그 소식을 비밀스럽게 알려 준 것은 플레키였다. 그리고 그날 밤 나를 데리러 온 것도 플레키였다.

거의 보름달 같은 둥근달이 뜬 밤이었다. 사방이 온통 뽀얀 빛에 감싸여 있었다. 빵집에 있던 밀가루 포대 하나가 어딘가에 있다가 세월을 이기지 못하고 부스러져 밀가루가 터져 나오는 바람에 사방에 흩뿌려진 것 같았다. 집들과 정원, 공원 그리고 온 세상이 뽀얀 밀가루를 얇게 뒤집어 쓴 것 같았다. 아니면 엠마 할머니가 사발 모양 카스테라에 뿌리곤 했던 가루 설탕이 덮인 것처럼 보이기도 했다. 할머니는 일요일이면 종종 카스테라를 구웠는데 오렌지 에이드와 건포도 냄새가 났다. 밀가루와 가루 설탕 같은 흰빛이 빵집 건물과 마당, 마당에 우거진 잡초를 온통 물들여 평소와는 전혀 다른 분위기를 풍겼다.

플레키와 내가 빵집 건물 마당에 도착하니 이미 와 있는 고양이는 고작 셋이었다. 그중 하나가 핍스였는데 오래간만에 만난 거였다. 핍스는 아주 친한 사이인 양 반갑게 인사를 했다. 나는 플레키앞이라 어쩐지 좀 창피했다. 플레키는 초록색 눈으로 핍스를 빤히 쳐다보았는데 약간 업신여기는 눈빛이었다. 썩 마음에 들지 않는 눈치였는데, 아마도 핍스가 저질렀던 멍청한 짓거리에 관한 소문을 들은 모양이었다.

핍스가 말을 건넸다.

"키티야, 안녕! 드디어 얼굴을 다시 보네. 홀바인 씨가 널 이리저리 찾아다니던데. 이유는 모르겠지만. 이제는 포기했나 봐. 그런데 어딜 그렇게 돌아다녔니?"

"뭐, 여기저기."

나는 짧게 대꾸했다.

흰색과 회색 털을 가진 나이 든 고양이 베티가 대화에 끼어들었다.

"숨어 다니는 고양이를 찾을 수 있는 사람은 없어."

베티는 학교 뒤편에 있는 목조 주택에 살고 있었다.

나는 화제를 돌리려고 핍스에게 그사이에 또 동물보호소에 끌려간 적이 있는지 물어보았다.

"두 번이나 끌려갔었어."

핍스는 자랑스럽게 대답했다. 플레키는 경멸하는 눈빛으로 핍스를 바라보더니 얼른 가자는 듯 앞쪽으로 나를 밀었다. 그런 걸 자랑스럽게 생각하다니 정말 우스웠다. 좋은 일이든 나쁜 일이든, 영리한 행동이든 멍청한 행동이든, 쓸모 있는 일이든 쓸데없는 일이든 무언가 남과 다르기만 하면 되는 건지. 실제로 가끔 동물보호소 신세를 진다는 것 외에 핍스에게 특이한 점은 전혀 없었다. 등을 돌리기도 전에 벌써 거기 있었던 걸 잊을 만큼 존재감이 없었다.

전에 핍스를 만난 일조차 잊고 있었기 때문에, 다시 만나자 기분이 이상했다. 우리가 새로운 일상에 얼마나 빨리 적응하는지, 예전 삶은 얼마나 빨리 잊히는지에 생각이 미쳤다. 엠마 할머니와 함께 지낸 날들도 마치 먼지가 두껍게 쌓인 듯이 희미해진 느낌이었다. 더러워진 유리창을 닦듯이 앞발로 문지르자 기억은 다시 선명해지고 할머니를 향한 강렬한 그리움이 밀려들었다. 함께 테라스에서 보냈던 평화로운 시간, 우리가 나누었던 대화 그리고 할머니의 따사로움이 사무치게 그리웠다. 심지어는 아주 잠깐 할머니한테서 나던 라벤더 향기가 코를 스치는 느낌도 들었다.

하지만 추억에 잠길 시간이 없었다. 플레키가 은회색 털을 가진 나이 많은 수고양이에게 나를 소개해 주었기 때문이다. 이름이 카스트로였는데 왼쪽 귀 절반이 떨어져 나가고 없었다. 카스트로는 호기심 어린 표정으로 나를 관찰했다.

"얘는 키티라고 해요."

플레키의 말이 끝나기가 무섭게 나는 얼른 작은 소리로 덧붙였다.

"Y자로 끝나는 키티요."

내 말에는 전혀 관심이 없는지 카스트로는 벌써 나한테서 몸을 돌리고 플레키한테 소냐라는 고양이 얘기를 하기 시작했다. 자동차에 치여 도움이 필요하다는 얘기였다.

어디선가 고기를 굽는지 갑자기 바람이 불자 맛있는 냄새가 풍겨 왔다. 주택단지 쪽에서 풍겨 오는 냄새였다. 나는 속으로 '라이만 씨네 집인가 보다.' 하고 생각했다. 그 집은 테라스에 그릴 도구를 갖추고 있었다. 저녁식사로 그릴에 소시지나 고기를 굽는 날이면 라이만 씨 가족이 종종 엠마 할머니와 나를 초대했다. 나는 코를 치켜들고, 고기 굽는 냄새에 사로잡혀 다른 건 아무것도 생각할 수 없었다. 턱수염이 바르르 떨리고, 다리가 저절로 고기 냄새 쪽으로 향하려고 움찔거렸다. 솟구치는 욕구를 가까스로 억눌러야 했다.

다행스럽게도 내 관심을 돌릴 일이 일어났다. 길고양이와 야생 고양이들이 여기저기서 몰려와 빵집 마당을 채웠다. 나는 고양이들을 찬찬히 살펴보았다. 그전까지는 플레키와 돌아다닐 때 어쩌다가 마주친 한두 마리를 빼고는 길고양이를 가까이서 볼 기회가 없었다. 고양이들 모임 때면 굴뚝 아래 코니스에 앉아 그들을 내려다보기만 했으니까.

위에서 내려다봤을 때는 털 색깔 빼고는 모두 비슷하게 보였다. 하나같이 야생적이고 거칠고 제 정신이 아닌 듯 보였다. 하지만 그들 사이에 섞여 가까이서 보니 생김새도 다르고 행동거지도 각양각색이었다. 몇몇은 인사로 부드럽고 상냥하게 몸을 대고 비볐다. 수줍음이 많아 나서지 않는 고양이들이 있는가 하면 누구든 가까이 오기만 하면 싸울 준비가 되었다는 듯 몸을 둥글게 말고 꼬리는 빳빳이 세운 채 머리를 치켜든 고양이도 있었다. 위에서 내려다

볼 때는 사납게 외치는 소리와 공격적인 푸우 소리로 생각했던 것이 실은 '가르릉'이나 '캬오' 하는 소리 그리고 반가움을 표시하는 '야옹' 소리였다. 길고양이들을 알아보긴 쉬웠다. 집고양이보다 몸이 날씬하고 다리가 길며 근육이 더 발달했다. 그리고 좀 더 경계심이 강하게 느껴졌다.

모여든 고양이들이 춤을 추기 시작했다. 아니, 춤처럼 보일 때가 많았지만 사실은 춤이 아니었다. 그들은 서로 누가 더 높이, 멀리 뛰어오르는지 경쟁했다. 모두 자기 재주를 과시하면서 야옹 소리를 냈다. 야옹 소리가 점점 더 커졌다. "다들 보렴, 내가 얼마나 잘하는지!" 하고 소리치는 것 같았다.

'알고 보니 일종의 시합이었구나. 치고받는 싸움이 아니라.'라는 생각이 들었다. 남들에게 보여서 부러움을 사려는 것이 분명했다. 상대방을 공격하려는 것이 결코 아니었다.

나는 멀리 떨어져서 관찰한 결과를 바탕으로 판단해서는 안 된다는 걸 깨달았다. 특히 위에서 아래를 내려다보고 판단하는 건 절대로 안 된다. 그러면 착각하기 쉽고 선입견에 빠지기 쉽다. 엠마 할머니는 선입견에 관해서 이렇게 말한 적이 있다.

"선입견을 갖는 건 부당할 뿐만 아니라 성급하고 거만한 태도란다. 선입견을 갖지 않도록 아주 조심해야 해."

브루노는 내가 전에 이 고양이들을 '정신 나간 패거리들'이라고 불렀을 때 왜 아무 말도 안 했을까? 이 모임이 실제로는 어떤 건지 말해 줄 수도 있었을 텐데.

그 생각이 들자 나는 고개를 들어 위를 올려다보았다. 아니나 다를까, 내 친구 브루노는 우리가 늘 앉던 자리에 앉아 있었다. 청회색 털이 그보다 조금 밝은 청회색 하늘을 배경으로 아주 희미하게 보였다. 굴뚝 아래 코니스가 고양이 두 마리가 좋아하는 장소이고, 그중 한 마리가 밤하늘 같은 청회색 털을 갖고 있다는 사실을 모른다면 위를 올려다보아도 눈에 띄지 않았을 것이다. 나는 내려오라고 앞발을 까닥까닥했지만 브루노는 고개를 저었다. 물론 이렇게 멀리 떨어진 곳에서 고갯짓이 분명하게 보이진 않았지만 그렇게 추측했다.

내 마음이 두 갈래로 나뉘었다. 한편으로는 당장이라도 위로 달려 올라가 브루노 옆에 앉고 싶었다. 브루노가 내 몸에 코를 대고 냄새를 맡을 때의 따스한 숨결을 느끼고 향기로운 털 냄새를 맡고 싶었다. 브루노의 약간 쉰 듯한 부드러운 목소리를 듣고 싶었다. 그 목소리를 들으면 좋아서 등줄기가 떨렸다. 그저 브루노와 함께 있고 싶었다.

하지만 다른 한편으로는 가짜 언니 플레키와 다른 고양이들과 어울리고 싶었다. 지금 이 마당을 떠나면 무언가 놓칠 것 같은 느낌이 어렴풋이 들었다. 새롭고 무척 낯설지만 재미있는 이 모임을 즐기고 싶었다. 고양이들의 모임은 어느새 축제가 되어 있었다.

브루노에게 갈지, 이대로 마당에 머무를지 미처 결정하지 못했는데 카스트로가 나를 가볍게 밀더니 앞발로 고양이들이 춤추는 곳을 가리켰다. 가서 어울리라는 뜻이었다. 나는 춤추는 무리 속으로 달려가 다른 고양이들과 경쟁이라도 하듯 뛰어오르고 팔짝거리고 야옹거렸다. 내 동작은 서툴기 짝이 없어서 바보 같을 정도로 우스꽝스럽게 느껴졌다. 하지만 그건 별로 중요하지 않았다. 미친 듯이 격렬한 동작을 하고 마음껏 소리 지르는 게 생소했지만 기분이 좋았다.

엠마 할머니 말이 떠올랐다.

"삶에서 정말 중요한 많은 것은 일단 머릿속에서 경험한단다. 말하자면 머릿속에서 먼저 일어나지. 머리가 앞서 나가면 우리 몸과 팔다리가 맹목적으로 따라가는 거야."

나는 '지금 나한테 일어나는 일은 할머니 말과는 정반대로구나. 몸과 네 다리가 앞으로, 삶 한가운데로 뛰어들고 머리는 뒤에 매달려 질질 끌려가는 모양새네. 어떨 때는 머리가 너무 멀리 떨어져서 몸이 하는 일을 이해하지 못할 정도야. 몸과 머리가 목이 아니라 마치 잘 늘어나는 고무 밴드로 연결된 것 같다니까.'라고 생각했다.

호랑이 줄무늬가 있는 회색 수고양이가 다가왔다. 꼬리털이 유난히 많고 색깔이 몸통보다 짙은 회색이었다. 그 고양이는 도전적인 눈빛으로 내 목에 머리를 대고 잠깐 문지르더니 재주를 선보이기 시작했다. 이리 뛰고 저리 뛰고, 몸을 돌리는가 하면 앞다리와 뒷다리를 들었다 놓았다 했다. 온몸을 쭉 펴기도 하고 공중돌기를 하면서 앞발로 마치 북치는 것 같은 동작을 하기도 했다.

회색 고양이는 온몸의 관절을 정말 잘 움직였다. 내가 자기한테 감탄하고 좋아해 주기를 바라는지 할 수 있는 온갖 동작을 보여 주었다. 하지만 내 마음에는 들지 않았다. 그의 움직임에는 고양이들의 고유한 유연함, 물 흐르는 듯한 우아함이 없었다. 모든 동작이 어쩐지 경직되어 있었다. 동작들을 암기한 후 순서에 따라 하나씩 하는 것 같았다. 이렇게 뛰어오른 다음에는 이렇게 하고, 이렇게 몸을 돌린 다음에는 이렇게 하는 식으로 시 한 편을 낭송하듯 미리 정해진 일정한 규칙에 맞추어 모든 동작을 하는 듯했다.

나는 수고양이가 다른 데로 가기를 바랐지만 그 고양이는 자리를 떠나지 않았다. 내가 등을 돌리자 곧바로 내 앞에 얼굴을 디밀고는 숨이 찬지 헐떡거리며 소리쳤다.

"내 이름은 람보야. 내가 어딘가에 등장하면 람보삼보가 되지. 알아듣겠니?"

말을 마친 그는 잠깐 숨을 고르더니 크게 웃었다. 나는 알아들을 수 없었지만 뭔가 재미있는 농담이었나 보다.

잠시 후 람보는 다시 춤을 추기 시작했다. 동작이 더욱 격렬해졌다. 다른 고양이들도 점점 더 거칠고 요란한 몸놀림으로 춤을 추었다. 고양이들이 내지르는 소리도 더 커졌다. 고양이 몇 마리가 야옹 소리를 합창하기도 했다. 갑자기 빵집 2층 창문에 연회색 얼룩이 있는 하얀색 길고양이 한 마리가 나타났다. 그 고양이는 유리창 없이 창틀만 남은 곳에 앉아 달을 쳐다보면서 길게 '야아오옹' 소리를 냈다. 노란 달빛을 받은 몸이 바닐라 푸딩 색으로 보였다. 소름이 끼칠 정도로 아름다운 소리가 들려오자 마당에 있던 고양이들이 모두 동작을 멈추고 귀를 기울였다.

그 소리 덕분인지 고양이들이 내지르는 소리는 약간 줄어들었고 춤추는 동작도 조금 완만해졌다. 갑자기 다들 좀 더 느리게, 좀 더 조심스럽게 움직였다. 처음의 흥분이 가라앉았다. 누군가 "모두 주목해!" 하고 외쳤다. 고양이들이 예쁜 삼색 고양이 한 마리를 둥글게 둘러싼 채 중구난방으로 소리를 지르고 있었다.

"미치야, 어서 해 봐!"

삼색 고양이 미치가 앞발 하나를 치켜들었다. 고양이들이 순식간에 조용해졌다. 미치는 온몸을 잔뜩 웅크렸다가 위로 훌쩍 뛰어오르더니 공중제비를 한 바퀴 돌고는 땅바닥에 사뿐히 내려앉았다. 둘러선 고양이들이 환호성을 지르며 박수를 치자 미치는 짐짓 겸손한 태도로 고개를 숙였다.

"이름이 미치야. 우리 곡예사지."

갑자기 내 옆에 나타난 플레키가 알려 주었다.

"저렇게 높이 뛰어올라 공중제비를 할 수 있는 건 미치 말고는 없어. 이 도시에서 유명해. 어쩌면 전국적으로도 이름이 알려졌을 걸."

"에이, 그 정도는 아니지. 쟤는 엄청 잘난 척해."

달갑지 않은 람보의 음성이 들려왔다. 목소리에 질투심이 깔려 있었다. 잠시 후 람보는 그야말로 악의적인 말투로 덧붙였다.

"정말 저렇게 과시할 필요가 없는데. 공중제비 한 바퀴가 뭐 그렇게 대단하다고."

람보는 미치를 깔보는 듯한 휘파람 소리를 내고는 말을 계속했다.

"겨우 한 바퀴잖아! 전에 공중제비를 두 바퀴나 돌았던 고양이도 있었는걸."

"진짜로 두 바퀴를 돌았단 말이야?"

나는 놀라서 물었다. 도저히 상상이 되지 않았다. 사실 두 눈으로 직접 보지 않았다면 공중제비를 한 바퀴 돌 수 있다는 것도 믿지 못했을 것이다.

"그 훌륭한 곡예사는 지금 어디 있는데?"

플레키가 대화에 끼어들었다.

"귀염둥이야, 그건 참 슬픈 이야기란다. 그 재주 많은 고양이는 오토바이에 치이는 바람에 뒷다리가 굽어서 공중제비는커녕 뛰어오르기도 못하게 됐거든. 사고 충격이 아주 컸는지 그 이후로는 우리를 피해. 우리랑 말도 안 하고 우리가 모이는 곳에 오지도 않아."

나는 머리에 피가 쏠리는 기분이었다. 귀가 부풀어오르는 것 같고 화끈거렸다.

"오른쪽 뒷다리야?"

나는 떨리는 목소리로 물었다. 람보가 고개를 끄덕였다.

"맞아. 이름은 브루노야. 혹시 브루노를 아니?"

나도 모르게 고개를 들어 굴뚝을 쳐다보았다. 우리가 늘 앉던 자리에 브루노가 꼼짝도 하지 않고 앉아 있었다. 또렷하게 보이진 않았지만 브루노가 나를 지켜보고 있다는 확신이 들었다.

예전에 다리가 어쩌다가 그렇게 되었는지 물었을 때 브루노는 퉁명스럽게 대답했다.

"싸우다가 그랬어. 너랑은 상관없는 일이야."

그때 브루노의 냉정한 태도에 마음이 상했었다. 그저 간단한 질문을 했을 뿐이고, 게다가 나는 브루노한테 뭐든지 얘기를 했다. 엠마 할머니 얘기도 하고 내가 어떻게 할머니네 집에서 살게 되었는지도 말했다. 심지어는 마음속으로만 부르는 카산드라 언니랑 새로 생긴 가짜 언니 플레키 얘기도 했다. 아무것도 숨기지 않았고 너랑은 상관없는 일이라고 말한 적이 한 번도 없다. 브루노가 뒷다리를 절게 된 사연을 알고 나자 예전에 공원에서 브루노가 매정하게 굴던 때와 똑같이 상처받은 기분이 들었다. 상처받고 거절당한 기분.

나는 혼란스러운 마음을 억지로 숨기고 람보 쪽으로 몸을 돌린 후 춤을 추기 시작했다. 서툰 동작으로 이리 뛰고 저리 뛰면서 아주 가끔 고개를 들어 굴뚝을 흘끔거렸다.

브루노는 미동도 없이 그 자리에 앉아 있었다. 마치 살아 있는 고양이가 아니라 고양이 조각상 같았다.

아주 늦게 축제가 서서히 끝나고 있었다. 그사이 달은 벌써 빵집 건물을 지나 도시 어딘가에 있는 교회 첨탑 위에 걸렸다. 고양이들이 하나둘 사라졌고 플레키도 가 버렸다. 위를 올려다보니 브루노도 그 자리에 없었다.

나는 붙잡으려는 람보를 뿌리치고 집으로 향했다. 피곤해서 엠
마 할머니 침대에 눕고 싶은 마음뿐이었다.

17

결함이 하나도 없이
완전한 건 지루하다.
저어도 흠이 하나 정도는 있어야
멋져 보이지.

축제가 끝난 후 이슬에 젖은 축축한 잔디를 밟으며 집으로 가
는 동안 브루노와 함께 공원 벤치에 누워 햇볕을 쬐던 날이 떠올
랐다. 우리는 눈을 깜빡이면서 개미들을 관찰하고 있었다. 개미들
은 죽은 애벌레를 자기네 소굴로 끌고 가려고 갖은 애를 썼지만 결
국 성공하지 못했다. 왼쪽으로 누울 때면 노상 그랬듯이 브루노의

굽은 뒷다리가 공중으로 약간 들려 있었다.

나는 브루노에게 물었다.

"그런데 다리는 어쩌다가 그렇게 된 거야?"

브루노의 대답을 듣기도 전에 분위기가 갑자기 어두워지는 게 느껴졌다. 마치 구름이 해를 가린 것처럼.

브루노의 몸이 바짝 긴장했다. 브루노는 옆으로 몸을 굴리더니 굽은 다리를 배 아래로 집어넣었다.

"싸우다가 그랬어. 너랑은 상관없는 일이야."

더 이상 말하고 싶지 않다는 듯 짧게 대꾸했다. 나는 아무 말도 하지 않았다. 상처받은 기분이었다. 브루노가 한 말 때문이 아니라 말투 때문이었다.

잠시 후 브루노가 아무렇지도 않게 다시 말을 꺼냈다. 어쩌면 우리 사이에 감도는 어색한 분위기를 누그러뜨리려는 의도였는지도 모른다.

"개미들은 정말 멍청해."

바로 전에 나를 친구가 아닌 것처럼 대해 놓고선 마치 아무 일 없었다는 듯 평온한 목소리였다.

"잘 봐. 아무런 소용이 없는데도 저렇게 기를 쓰잖아."

그러고는 몇 년 동안 계속 어느 나뭇가지에 뛰어오르려고 애썼지만 결국 실패한 고양이 이야기를 해 주었다.

"왜 나뭇가지가 그다지 높지 않은 다른 나무를 안 찾아봤는데? 그런 나무들은 많잖아."

나는 의아했다. 브루노가 고개를 흔들었다.

"꼭 그 나무의 그 나뭇가지가 목표였어. 거기에 새 둥지가 있었
거든. 처음엔 마침 알에서 깬 새끼 새들이 몇 마리 있어서 한 마리
잡으려는 생각이었지. 그 고양이가 나중에 너무 늙어서 더 이상 뛰
어오를 수 없게 되었을 때 둥지에는 처음에 살던 새들의 다섯 번
째 후손이 살고 있었어. 알에서 갓 깨어난 새끼 새를 꼭 잡겠다는
결심이 고양이한테는 일종의 집착이 되어 버렸어. 그래서 심지어
는 가을에도 그리고 겨울에도 둥지가 있는 나뭇가지에 뛰어오르
는 걸 멈추지 않았지. 새끼 새들이 어느새 다 커서 겨울철 보금자
리를 찾아 남쪽으로 날아가 버렸는데도 말이야. 자기가 원하는 것
과 현실을 비교해 보고 현실을 받아들여야 했는데 새를 잡고 싶다
는 생각만 머릿속에 꽉 차 있었던 거야. 너무 멍청하거나 아니면 너
무 고집이 세서 포기할 줄을 몰랐던 거지."

이야기를 마친 브루노는 한참 동안이나 받아들여야 할 현실에
대하여, 일관성을 유지하는 일과 어리석은 고집 사이의 차이에 대
하여 그리고 그와 비슷한 내용을 상세하게 늘어놓았다. 브루노 이
외에는 아무도 그런 얘기를 하지 않았다. 브루노는 내가 했던 질문
에 자세히 대답해 주기는커녕 두 번 다시 그 얘기는 꺼내지도 않
았다. 내 질문을 그냥 무시해 버렸으니 나를 무시한 셈이었다.

브루노가 오토바이 사고를 당했다는 이야기를 듣고 나서 왜 그
토록 브루노에게 화가 났는지 나 자신도 알 수가 없었다. 따지고
보면 브루노가 나에게 거짓말을 한 것도 아니었다. 다리를 절게 된

사연을 말하지 않았을 뿐이다. 내 앞에서 브루노가 진짜 모습을 감추었다는 사실에 마음이 상했던 것이다. 브루노가 싸우다가 그렇게 됐다고 말했을 때 당연히 다른 수고양이와 싸운 줄 알았다. 수고양이들이 서로 싸우다 보면 다치기도 하는 법이고, 보통은 싸우다 입은 상처를 훈장처럼 자랑하고 다녔으니까. 우리는 친구인데 브루노는 왜 사실대로 말하지 않았을까?

우리가 코니스에 앉아 떠들썩하게 노는 고양이들을 내려다보았을 때 나는 브루노가 그들을 경멸한다고 생각했고 그런 어리석은 짓에 끼지 않는 브루노에게 속으로 감탄했다. 어울리지 못해 혼자 있는 것이 아니라, 다른 고양이들과는 다른 우월한 존재라고 여겼다. 하지만 브루노의 사고를 알고 나서 돌이켜보니 마당에서 함께 어울리지 않고 코니스에 앉아 있었던 건 그들이 부러웠지만 어울릴 수 없어서였나 보다. 브루노는 장애로 인해 동정받아 마땅한 불쌍한 존재였다. 사실을 알게 되면 내가 이렇게 생각하리란 걸 브루노도 틀림없이 알았을 것이다. 그렇지 않다면 왜 내가 착각하도록 내버려 두었겠는가? 무엇보다도 나를 괴롭혔던 건 브루노가 왜 그랬느냐였다. 나는 브루노에게 뭐든지 다 말했다. 나는 숨기는 것이 하나도 없었는데 브루노는 비밀이 있었다는 게 정말 서운했다. 하지만 브루노가 좀 안됐다는 마음도 들었다.

주택단지 입구에 도착했을 때 딱총나무 덤불 아래에서 갑자기 브루노가 나타나더니 내 옆에서 걷기 시작했다. 브루노는 여느 때보다 심하게 다리를 절룩거렸다. 어쩌면 내가 브루노한테 화가 나서 그게 더 눈에 띄었는지도 모른다. 화가 나면 판단이 흐려진다. 나는 그 사실을 이미 알고 있었다. 분노는 아름다운 것, 기분 좋은 것을 밀어내고 보기 흉한 것, 기분 나쁜 것을 두드러지게 만든다. 분노는 우리에게 부당한 평가를 내리게 만든다.

어디선가 밤새의 날카로운 울음소리가 들려왔다. 개 한 마리가 짧게 컹컹 짖었다. 먼동이 트고 새들이 지저귀기 시작했다.

브루노가 불쑥 말을 건넸다.

"람보랑 어울리지 마. 우쭐대기 좋아하는 얼간이야."

"나도 알아."

브루노에게 품었던 서운한 감정이 눈 녹듯 사라졌다. 나는 속으로 '브루노가 질투를 하는구나. 형편없는 람보한테 질투를 하다니, 내가 분명 각별한 존재인가 보다.' 하고 생각했다.

잠시 아무 말 없이 함께 걷다가 나는 용기를 내서 물었다.

"내가 예전에 다리가 왜 그렇게 됐냐고 물었을 때 왜 사고 얘기 안 했어? 어떤 나뭇가지에 뛰어오르려고 계속 애썼지만 결국 실패했다는 멍청한 고양이 얘기만 내내 했잖아. 기억나지?"

브루노가 고개를 끄덕였다.

"응."

"그때 왜 사실대로 말 안 했어?"

브루노는 한참 있다가 이렇게 말했다.

"창피해서 그랬어. 그 사고는 순전히 내 탓이었거든. 조심해야 했는데 바보천치처럼 오토바이 앞에 뛰어들었어. 그동안 나 자신을 줄곧 원망했지. 게다가 다리 얘기를 하지 않으면 내가 절름발이라는 사실을 네가 덜 신경 쓸 거라고 생각했어."

"신경 쓴 적 없어."

잠시 후 나는 한마디 덧붙였다.

"지금도 신경 안 쓰는걸. 그건 네 직조 결함이야"

"뭐라고?"

브루노가 의아한 표정을 했다.

어느새 집에 도착했다. 우리는 테라스로 가서 자리를 잡았다. 나란히 앉지 않고 각자 의자 하나씩을 차지했다. 브루노는 내 의자에 앉고 나는 엠마 할머니의 흔들의자에 앉았다. 사방을 둘러쌌던 뽀얀 우윳빛이 옅어지고 별들도 희미해졌다. 세상은 이제 밀가루가 아니라 얇고 부드러운 회색빛 베일에 감싸인 것 같았다. 별들은 희미해져서 겨우 몇 개만 보였고, 달은 완전히 자취를 감추었다.

"직조 결함이라는 게 무슨 뜻이야?"

브루노가 궁금하다는 듯 물었다.

"엠마 할머니한테 언젠가 들었던 말이야. 손으로 짠 식탁보를 깔면서 툭 튀어나온 부분을 가리키더니 이렇게 말했어. '이건 식탁보를 짤 때 생긴 직조 결함이란다. 이 결함들 덕분에 이 식탁보가 멋진 거야. 잘 기억하렴. 결함이 하나도 없이 완전한 건 지루하지 않겠니? 적어도 홈이 하나 정도는 있어야지. 직물만 그런 게 아니야. 사람도 그렇고 고양이도 마찬가지란다.'라고."

나는 말을 멈췄다. 고양이 얘기는 하지 말 걸 그랬나 보다. 어쩌면 브루노는 별로 귀담아 듣지 않았을지도 모른다. 하지만 나는 곧 생각을 다 말하기로 했다.

"엠마 할머니 말로는 내 다리가 너무 짧대. 눈 사이도 너무 벌어져서 예쁜 눈이라고 하긴 어렵대. 그런데 그래서 내가 더 사랑스럽다고 말했어."

다시 침묵이 찾아왔다.

"미안해."

브루노가 먼저 말했다. 그리고 나도 말했다.

"나도 미안해."

"내가 보기에 네 다리는 절대로 짧지 않아. 너한테 어울려. 그리고 네 눈은 무척 아름다운걸."

"나는 네 구부정한 다리가 매력적이라고 생각해. 다른 고양이들과 구별되잖아."

브루노가 흔들의자로 와 내 곁에 앉았다. 우리는 사이좋게 붙어 앉아서 아무 말도 하지 않았다. 할 말이 없어서 마지못해 지키는 침묵이 아니었다. 말이 더 이상 필요 없는 친구들 사이의 다정한 침묵이었다.

18

이렇게 쓸쓸한 건 내 오만함 탓이지.

혼자 잘난 줄 알고

살았으니.

이 말을 어디서 들었는지는 기억나지 않지만, 정말 힘든 일이 일어난 날에 이 말이 떠올랐다. 지금까지도 그날 그런 일이 일어나지 않았더라면 얼마나 좋았을까 싶다. 하지만 아무리 힘들어도 그 이야기를 이제부터 해야만 한다.

엠마 할머니가 병원에 실려 간 지 아마도 3, 4주쯤 지났을 때였다. 정원에는 참제비고깔과 울타리 옆 접시꽃이 앞다투어 피고 사과나무에는 작고 푸른 열매가 맺히기 시작했다. 학교 마당의 밤나무에도 작은 연두색 밤송이들이 얼굴을 내밀었다. 그날 나는 현관문에서 열쇠 돌아가는 소리가 나는 바람에 잠에서 깼다. 엠마 할머니인가 보다! 기쁨이 번개처럼 몸을 꿰뚫었다. 온몸이 순간적으로 화끈해졌다. 할머니가 드디어 집에 왔구나!

나는 단번에 침대를 벗어났다. 계단의 층계참에 이르기도 전에 목소리가 들려왔다. 낯선 남자들이었다. 나는 층계참 모퉁이에서 살그머니 고개를 빼고 아래를 내려다보았다.

세 명이었는데 하나같이 멜빵바지에 소매를 걷어 올린 체크무늬 셔츠 차림이었다. 세 명 다 키가 크고 체격이 건장해서 세 쌍둥이라고 해도 믿을 정도였다. 그중 한 사람만 콧수염을 무성하게 기르고 있었다. 그 남자가 다른 두 사람을 향해 말했다.

"거실부터 시작하는 게 좋겠어. 어떻게 생각해?"

둘 중 한 사람이 대답했다.

"좋아. 시간이 제일 많이 걸리는 일이니 먼저 해치워 버리자고."

나머지 한 사람은 말없이 고개만 끄덕였다.

세 사람이 거실로 사라지기가 무섭게 나는 얼른 열린 현관문으로 나가 사과나무로 올라갔다. 그리고 즐겨 앉는 나뭇가지에 앉아 도대체 무슨 일이 벌어지고 있는지 알아내려고 애썼다.

집 앞에는 '포장 이사 전문, 헤르만'이라는 글자가 적힌 거대한 푸른색 이삿짐 트럭이 서 있었다. 차가 어찌나 큰지 우리 집 앞의 좁은 도로를 거의 점령하다시피 했다. 이웃 몇이 호기심 어린 표정으로 우리 집 입구에 모여 이야기를 하고 있었다. 사람들 입이 바쁘게 움직이고 고개를 돌려 서로 쳐다보는 모습이 보였다. 그들은 대화 도중에 고개를 주억거리는가 하면 절레절레 흔들기도 했다. 무슨 얘기를 주고받는지는 알 길이 없었다. 홀바인 씨가 나타나 대화에 끼는 모습을 보자 나는 더 이상 참을 수가 없었다. 어떻게든 오가는 대화 내용을 알아야만 했다. 나는 나무에서 뛰어내려 근처에 있는 작약 덤불 사이에 숨었다. 꽃잎이 다 져 버렸지만 잎이 무성해 몸을 숨기기에 적당했다.

"슈베르트 여사가 혹시 이사라도 가시나요?"

라이만 부인이 홀바인 씨에게 물었다.

"아니요. 이제 집으로 못 돌아오세요. 거동을 못 하게 되어 지난 목요일에 병원에서 바로 요양원으로 가셨답니다. 수요일에 문병을 갔더니 그렇게 말씀하셨어요. 두 번째 뇌졸중이 와서 반신불수가 됐으니 혼자서는 생활할 수가 없대요. 요양원에 가는 방법밖에는 다른 길이 없다고 하시더라고요."

할머니가 요양원으로 갔고 이제 다시는 집에 못 온다고? 순간 내 머릿속은 그 사실로 가득 찼다. 눈앞이 어지러웠다. 금방 기절할 것 같았다. 나는 두 눈을 꼭 감았다. 잠시 후 눈을 떴더니 여전히 해가 빛나고 새들이 지저귀고 있었다. 믿을 수가 없었다. 어떻게 이럴 수가 있나? 마치 아무 일도 없는 것처럼. 방금 내 세상이 무너져 버렸는데. 엠마 할머니와 함께 하는 내 두 번째 삶이 순식간에 사라져 버렸는데.

이웃들은 아직도 우리 집 입구에 서 있었다. 홀바인 씨와 라이만 부인, 제들마이어 부인 그리고 우리 집 건너편에 사는 칠리히 씨 부부. 칠리히 씨는 손수건을 꺼내 대머리 위의 땀을 훔치고 있었다.

"아휴, 정말 딱하게 되셨네요."

남 얘기 좋아하는 수다꾼 제들마이어 부인이 짐짓 동정 어린 말투로 말을 꺼냈다.

"몇 년 전에 첫 번째 뇌졸중을 겪은 후에는 건강이 예전 같지 않았죠. 그래도 늘 5, 60대에 살이 많이 찌는 다른 사람들에 비해 별로 체중이 불지 않았다고 은근히 자랑이셨는데."

"어쩌겠어요. 누구나 나이 드는 건 피할 수 없는데."

제들마이어 부인 못지않게 뚱뚱한 칠리히 부인이 말했다. 칠리히 부인의 목소리에도 동정심만 담겨 있진 않았다.

"우리한테도 언제 무슨 일이 닥칠지 누가 알겠어요? 뇌졸중은 누구한테나 찾아올 수 있는걸요."

"그만해. 말이 씨가 된다잖아."

칠리히 씨가 손수건을 다시 주머니에 넣더니 우리 집 정원 문에 기대어 섰다. 이웃들은 한동안 피할 수 없는 질병에 대하여 이런저런 얘기를 나누더니 나이 먹는 일이 기분 좋진 않지만 어쩔 수 없다는 말을 했다.

"겁쟁이들이나 나이 먹는 걸 무서워하지."

칠리히 씨가 호기롭게 말하며 웃었다. 하지만 그의 웃음소리도,

뒤늦게 합류한 다른 사람들 웃음소리도 즐거워서라기보다는 억지로 웃는 소리 같았다.

엠마 할머니가 다시는 집에 돌아오지 못할 거라는 소식에 너무나 큰 충격을 받은 나머지 나는 숨을 제대로 쉬지 못했다. 그 자리에서 도망칠 수도 없었다. 온몸이 마비된 듯이 꼼짝을 못할 지경이었다. 갑자기 예전에 겪었던 장면이 눈앞에 떠올랐다. 어찌나 생생한지 방금 전에 일어난 일 같았다. 엠마 할머니가 젊었을 때 얘기를 해 주던 장면이었다.

그때 우리는 테라스에서 가장 좋아하는 장소에 앉아 있었다. 어쩌다가 그 얘기가 나왔는지는 기억나지 않지만 엠마 할머니가 한 말은 똑똑하게 기억난다.

"젊었을 때는 머리가 길고 밤색이었단다."

할머니가 얘기를 시작했다.

"숱이 아주 많은 곱슬머리였지. 사람들이 나를 보면 참 예쁘다고 했어. 사귀자는 남자들이 많았는데 마음에 드는 남자가 없었단다. 키티야, 이렇게 쓸쓸하게 늙어 가는 건 결국 내 탓이야. 내 오만함 탓이지. 혼자 잘난 줄 알고 살았으니."

말을 마친 할머니는 노래를 불러 주었다. 평소에 말할 때와는 달리 떨리는 목소리였다. 할머니가 불러 주던 노래가 아직도 귓가에 맴돈다.

"오, 오, 한때는 나도 젊었다네. 결혼을 했더라면, 요양원 신세는 아니었을걸, 오, 오, 한때는 나도 젊었다네."

할머니는 눈물 어린 텅 빈 눈동자로 먼 곳을 바라보았다. 몸만 그 자리에 있을 뿐 멀리 어디론가 가 버린 듯했다. 나는 애원하는 말투로 "엠마 할머니!" 하고 불렀다.

할머니는 전혀 반응이 없었다.

나는 할머니 팔에 앞발을 올려놓았다.

"할머니, 그게 무슨 말이에요? 할머니는 지금 요양원에 있는 게 아니잖아요."

할머니가 아련한 눈빛으로 나를 보았다. 그러더니 차츰 정신을 차리고 입가에 경직된 미소를 띤 채 말했다.

"지금은 아니라도 언젠가는 그럴지도 모르지."

엠마 할머니가 요양원에 있다는 소식을 듣고 그때 일을 돌이켜 보면서 나는 속으로 '농담처럼 한 말이었는데 진짜 일어나 버렸구나.' 하고 생각했다. 예언이었다. 그리스 신화에 나오는 카산드라가 앞일을 미리 아는 능력이 있다고 했는데 할머니도 그런 걸까? 나는 종종 머릿속으로 물었듯이 또다시 '카산드라 언니, 내 말 들려?' 하고 물었지만 이번에도 대답은 들을 수 없었다.

"집은 어떻게 되는 건가요?"

라이만 부인이 홀바인 씨에게 묻는 소리가 들려왔다.

"자녀가 없으시잖아요."

"조카가 하나 있는데 다 알아서 처리할 거라고 합니다."

홀바인 씨가 대답했다.

"엘마 슈베르트라고, 죽은 오빠의 아들이래요. 유일한 친척이죠. 왕래는 거의 없었지만 생일이면 서로 전화를 하고 성탄절 카드도 주고받았답니다. 제가 알기론 그게 전부예요. 여기서 멀리 떨어진 곳에 산다는데 북부 독일 어딘가라고 합니다. 슈베르트 여사가 병원에 입원했다는 소식을 듣고 바로 찾아와서 모든 걸 떠맡았어요. 집도 하루아침에 팔았더라고요. 주거지로 나쁘지 않은 지역인데다가 땅값도 엄청나게 올랐으니 놀랄 일도 아니죠. 아이들이 있는 부부가 집을 샀다던데 조만간 이사 올 거라고 들었어요. 슈베르트 여사를 시설이 좋은 사립 요양원에 모시려면 집을 팔 수밖에 없었을 겁니다."

집이 벌써 팔렸다니. 우리 집이. 엠마 할머니와 나의 보금자리가….

이삿짐을 나르는 일꾼들이 거실의 푸른색 소파를 들고 나와 이삿짐 차량에 실었다. 나는 종종 누워 있곤 했던 소파를 아쉬운 눈빛으로 쳐다보았다. 엠마 할머니가 텔레비전을 볼 때 애용했던 안락의자와 옷장, 책장 그리고 의자 네 개를 포함한 거실 탁자가 뒤를 이었다. 심지어는 돌돌 말린 페르시아 양탄자도 이삿짐 차량의 커다란 입 안으로 사라졌다.

가구가 하나씩 운반될 때마다 마음이 아팠다. 한낱 물건이 아니라 제대로 작별인사도 나누지 못하고 헤어져야 하는 친한 친구 같았다. 엠마 할머니가 몇 달에 한 번씩 가구 광택제로 가구들을 하나하나 문지르던 모습이 눈앞에 선했다. 할머니 덕분에 우리 집 가구는 새것처럼 깔끔했다.

"요양원으로 가끔 찾아뵐 겁니다."

홀바인 씨가 말했다.

"점잖은 인품에 항상 친절한 분이셨죠. 조카가 다시 집으로 돌아갔으니 이제 찾아올 사람도 없고요."

"가구는 어떻게 처리한대요?"

일꾼들이 프레임과 매트리스를 분리한 침대를 들고 나오자 라이만 부인이 물었다. 이 침대에서 나는 2년 이상 잠을 잤다. 아주 잘 잤는데, 이제 앞으로는 어디서 자야 하나?

"모르겠는데요."

홀바인 씨가 대답했다.

"조카가 처분할 때까지 창고에 보관하거나 어딘가 복지시설에 기부하겠죠."

홀바인 씨는 말을 멈추었다가 목소리를 조금 낮추어 덧붙였다.

"별로 값나가는 가구도 아닌걸요."

나는 속으로 '값이 별로 안 나간다니, 참 쉽게 말하는구나.' 하고 생각했다. 우리한테는 얼마나 소중한 가구였는데! 엠마 할머니와 나한테는 값을 매길 수 없을 만큼 소중했다. 의자는 비록 의자에 불과했지만 엠마 할머니가 앉아 있을 때면 나에겐 편안하게 앉을 수 있는 기회를 의미했다. 옷장 역시 단지 옷장이기만 하진 않았다. 맨 위 서랍에는 내가 아주 재치 있는 대답을 하거나 그럴듯한 시를 지으면 할머니가 상으로 주던 특별 간식이 들어 있었다. 침대는 더 말할 것도 없다. 단순히 잠을 자는 장소에 그치지 않고 할머니와 함께 누우면 다시없는 안식처였다.

홀바인 씨가 계속해서 무언가 말을 했지만 집중할 수가 없었다. 나는 침대 프레임과 매트리스를 뚫어져라 쳐다보면서 엠마 할머니와 내가 매일 저녁 함께 누웠던 걸 생각했다. 이제는 끝이었다. 영원히. 그리고 '이제는 영원히 끝'이라는 생각에 마음이 너무나 아파서 몸이 저절로 움츠러들었다.

엠마 할머니와의 추억이 나를 덮쳤다. 엠마 할머니는 내 삶에서 가장 소중한 사람이었다. 물론 나한테도 낳아 준 진짜 엄마가 있었다. 모든 생명체에게는 엄마가 있으니까. 하지만 나는 진짜 엄마를 기억하지 못했다. 어떻게 생겼는지도 몰랐다. 나를 연못에서 꺼낸 준 게 진짜 아빠였다면 아빠도 어떻게 생겼는지 기억이 안 나고 언니도 기억이 안 났다. 어렴풋하게 엄마 냄새는 기억이 났다. 그게 정말로 엄마 냄새였는지 아니면 엄마 젖꼭지에서 나는 젖내였는지는 확실치 않다. 다만 달콤하고 기름기가 있고 그러면서도 약간 씁쓸한 맛은 희한하게도 여전히 뚜렷하게 기억났다. 그게 실제 기억이었는지, 꿈을 꾼 건지 분명하진 않다. 그래도 엄마를 사랑했던 건 확실하다. 누구나 자기를 낳아 준 엄마는 사랑하는 법이니까.

하지만 지금 내가 사랑하는 건 엠마 할머니였다. 나는 엄마를 잃어버린 대신 엠마 할머니를 만났다. 할머니는 내 삶의 중심이었다. 비록 고양이가 아니고 사람이었지만. 얼마나 좋은 사람이었는지 모른다. 더 이상 바랄 게 없을 정도로 좋은 사람이었다. 그런 할머니와 함께 지내는 생활이 끝나 버렸다니, 나는 참을 수 없이 슬

폈다.

할머니를 잃은 건 내가 감당하기엔 너무 큰 슬픔이었다. 아니면 이런 큰 슬픔을 감당하기엔 내가 너무 작거나. 도저히 혼자 그 슬픔을 감당할 수 없었다. 이렇게 큰 상실을 겪고 이렇게 큰 변화가 생기다니 아마도 그때부터 내 세 번째 삶이 시작됐나 보다. 할머니가 없는 삶을 기대하지는 않았는데. 삶이라고 말하기도 어려웠던 첫 번째 삶은 물에 빠져 죽을 뻔했던 사건과 함께 끝났다. 그 사건에서 살아남은 건 용기 덕분이 아니라 순전히 나는 아무것도 하지 않았고 다른 고양이들이 도와주었기 때문이다. 엠마 할머니와 함께 했던 두 번째 삶은 할머니가 병에 걸려 요양원에 들어가는 바람에 끝이 났다. 고양이에게 하나의 삶이 끝나는 건 육체적 위험에 처했을 경우에만 해당되는 걸까, 아니면 정신적으로 위험에 처했을 때에도 해당되는 걸까? 이제 정말로 세 번째 삶이 시작된 걸까?

내가 무슨 수로 답을 알겠는가? 누군가에게 물어보아야 했다. 나에게 답을 해 줄 유일한 존재는 브루노였다. 하지만 브루노는 지난 며칠간 통 나타나지 않았다. 아무 말 없이 얼굴을 보이지 않고 있었다. 브루노가 사는 집 앞에서 불러 보았지만 응답이 없었다. 어디론가 영영 사라져 버린 걸까?

나는 일꾼들이 무거운 상자를 들고 나와 트럭에 싣는 걸 더 이상 지켜볼 수 없었다. 친숙했던 물건들이 하나씩 집 안에서 나와 트럭 안으로 사라지는 걸 보는 건 괴로웠다. 나는 작약 덤불에서 나와 잔디를 가로질러 접시꽃이 핀 곳으로 달려갔다. 접시꽃 옆 울타리에는 구멍이 하나 있었는데, 엠마 할머니는 내가 편하게 드나들도록 구멍을 막지 않고 그대로 두었다.

"키티!" 하고 홀바인 씨가 큰 소리로 외쳤다.

"저기 있네요. 저렇게 건강하게 지내고 있는 걸 알면 슈베르트 여사가 기뻐하실 겁니다. 저를 볼 때마다 혹시 키티를 못 보았느냐고 물으셨거든요. 키티한테 무슨 일이라도 생긴 건 아닌지 무척 걱정하셨어요."

내가 전에도 말한 적이 있지 않았나? 홀바인 씨는 눈이 사방에 달린 것 같다고.

나는 홀바인 씨가 부르는 소리를 못 들은 척 한 번도 뒤돌아보지 않고 한달음에 빵집 건물로 향했다.

하루 종일 머릿속에는 불길한 생각만 가득했고 가슴속에는 슬픔이 꽉 차 있었다. 더 이상 견딜 수 없어서 저녁때쯤 브루노가 사는 집 앞에 앉아 그를 불렀다. 별로 크게 부르지도 않았다. 대답을 들으리라는 희망도 품지 않았다.

19

너한테 닥친 문제를

회피해서는 안 돼.

나쁜 일일수록 오히려 끝까지 파고들어

해결해야지, 하다가 말면 나중에

다시 찾아오게 돼 있어.

브루노가 다시 나타났다. 얼마나 다행인지! 브루노는 부르자마자 왔다. 나를 보더니 반갑게 가르릉거렸는데 내가 가르릉 소리로 화답하지 않자 무슨 일이 생긴 걸 알아차리고는 "가자!" 하고 말했다.

우리는 말없이 빵집 건물을 향해 나란히 달려갔다. 오후와 저녁 사이였는데 엠마 할머니는 이때를 늘 '해 저물녘'이라고 불렀다.

해는 벌써 서쪽 하늘 아래로 가라앉고 있었다. 수평선이 거의 하얀색으로 보일 만큼 희미한 파란색 하늘에 솜뭉치처럼 동글동글한 구름이 흘러가고 있었다. 엠마 할머니가 보았더라면 '솜사탕 날씨'라고 했을 거다. 어쩌면 할머니가 요양원에서 바로 이 순간 창밖을 내다보고 "솜사탕 날씨네!"라고 말했을지도 모른다. 하늘이 구름 한 점 없이 파랗게 개었을 때면 할머니는 '초롱꽃 날씨'라고 부르곤 했다. 그리고 회색 구름과 비바람은 '몹쓸 날씨'였다.

나는 회색 구름과 비바람이 차라리 낫겠다고 생각했다. 그게 내 기분에는 더 어울리는 날씨였다.

늘 앉던 건물 위 코니스에 자리 잡았을 때 브루노가 물었다.

"자, 이제 말해 봐. 대체 무슨 일이야?"

"엠마 할머니 때문에 그래."

나는 힘겹게 대답했다.

"할머니가 이제 다시는 집에 돌아올 수 없대. 혼자서 거동을 못해서 요양원에 들어갔대. 할머니는 이제 영영 안 오고 난 혼자 남았어. 그게 나한테 생긴 일이야. 집도 팔려서 새 주인이 금방 이사 올 거래."

브루노는 아무 말이 없었다. 무슨 말을 할 수가 있겠는가? 사람들이 상황을 바꾸면 우리 고양이는 새로운 상황을 받아들일 수밖에 없다. 우리 삶에 막대한 영향을 미치는 일일지라도 결정을 내리기 전에 우리한테 물어보는 사람은 없다.

마당을 내려다보니 플레키가 쥐구멍 앞에 웅크리고 앉아 있었다. 그리고 별로 멀지 않은 곳에 귀 절반이 떨어져 나간 은회색 고양이 카스트로가 보였다. 지난번 고양이들 모임 이후로 둘은 종종 붙어 다녔다. 고양이들은 본래 혼자 지내는 습성이 있지만 그렇다고 해서 다른 고양이와 함께 다니지 않는다는 뜻은 아니다. 짧은 기간 동안, 때로는 꽤 긴 기간 동안 친하게 지내는 고양이들이 있다. 나랑 브루노처럼. 혹은 플레키와 카스트로처럼.

나는 빵집 건물이 있는 구역 너머를 바라보았다. 도시의 윤곽이 서서히 짙어지고 있었다. 해가 지고 있는 서쪽 하늘을 배경으로 도시는 점점 더 날카롭게 모양을 드러냈다. 하늘이 불타오르는 듯한 멋진 일몰은 아니었다. 장밋빛을 띤 부드러운 일몰이었다. 엠마 할머니가 봤다면 딸기 주스가 섞인 바닐라 아이스크림 같은 분홍색이라고 표현했을 거다.

나는 브루노에게 느닷없이 이렇게 말했다.

"난 장미를 좋아해."

내 귀에도 뜬금없게 들렸다.

"화제를 돌리지 마!"

브루노가 굳은 표정으로 말했다.

"너한테 닥친 문제를 회피해서는 안 돼."

엠마 할머니라면 브루노의 말투가 단호하다고 지적했을 거다. 그야말로 엄청 단호했다. 비록 브루노 말이 옳다는 건 인정할 수밖에 없었지만. 물론 내가 장미를 정말로 무척 좋아하는 건 사실이다. 그러나 지금 문제는 엠마 할머니였다.

"나쁜 일일수록 오히려 끝까지 파고들어 해결해야지, 하다가 말면 나중에 다시 찾아오게 돼 있어. 명심해."

브루노가 말을 계속했다.

엠마 할머니라면 분명히 이 말을 삶의 지혜하고 부르고 이해하기 쉽게 예를 들어 설명해 주었을 텐데. 엠마 할머니! 할머니 모습이 뚜렷하게 떠오르는 바람에 목이 메었다. 시간이 좀 지나서야 비로소 입을 뗄 수 있었다. 브루노는 참을성 있게 기다려 주었다.

"엠마 할머니를 더 이상 볼 수 없어서 너무 슬퍼. 할머니는 나한테 전부야. 할머니가 이제 요양원에 머물러야만 한다니 그것도 슬프고. 할머니는 사람이라 목숨이 하나밖에 없는데 지금 아픈 거잖아."

나는 다시 말을 멈췄다. 가장 무서운 생각이 목구멍을 콱 틀어막아 숨을 쉴 수가 없었다. 목구멍에 뼈다귀가 걸렸는데 뱉지 못하는 느낌이었다. 입 밖으로 소리 내서 말하면 무서운 일이 실제로 일어날 것 같아서 두려웠다. 나는 가까스로 말을 이었다.

"할머니가 죽을까 봐 너무 겁이 나."

브루노도 말하기 힘든지 한참 머뭇거렸다. 마침내 말을 꺼낸 브루노는 이렇게 말했다.

"죽음이 그렇게 괴로운 건 아니야. 적어도 죽는 이에게는 말이야. 죽는 이가 남겨 두고 가는 이들에게 괴로운 거지. 매일 떠나보낸 친척이나 친구 생각이 날 테니까. 죽으면 아무것도 못 느껴."

나는 깜짝 놀라서 물었다.

"아무것도 못 느끼다니, 정말 끔찍한 일 아니야?"

브루노가 자신의 머리를 내 머리에 갖다 대고 문질렀다. 나는 브루노의 냄새를 맡고 그의 숨결을 느꼈다.

"키티야, 넌 정말 어리구나. 넌 아직 이해 못 해. 잘 들어 봐. 너도 태어나기 전에는 아무것도 못 느꼈잖아. 그렇지?"

"물론 그랬지."

"그래서 그게 끔찍했어?"

그 순간 플레키가 풀쩍 뛰어올랐다. 쥐를 잡아챈 플레키는 가지고 놀기 시작했다. 놓아 주었다가 낚아챘다가 다시 놓아 주었다가 하면서 놀았다. 고양이가 쥐를 잡으면 잡아먹기 전에 마치 장난감처럼 다룬다.

"아니, 그렇진 않았어. 아무것도 모를 때였으니까. 내 말은 사는 게 어떤 건지, 생각이란 게 뭔지 몰랐다는 뜻이야."

"맞아."

브루노가 생각에 잠긴 말투로 말을 이었다.

"태어나기 전에 넌 아무것도 몰랐지. 마찬가지로 죽으면 그때도 아무것도 모를 거야. 삶이 끝난 후는 삶이 시작되기 전과 다를 게 없어. 딱 하나 차이가 있기는 해. 태어났을 땐 배고픔을 느꼈을 거야. 하지만 죽으면 아마도 배가 안 고플걸."

브루노는 더 이상 말을 하지 않았다. 나도 침묵을 지켰다. 제비한 마리가 우리 곁을 스쳐 날아갔다. 또 한 마리가 그 뒤를 따랐다. 나는 브루노의 말을 어떻게 받아들여야 할지 알 수 없었다. 이상하게 텅 빈 기분이었다. 나는 엠마 할머니 생각을 했다. 나이가 아주 많은 엠마 할머니. 그러면서 동시에 브루노가 자기 이야기를 털어놓았다는 느낌이 분명히 들었다. 브루노는 벌써 죽음에 가까운 나이인 걸까? 브루노가 나보다 훨씬 나이가 많은 건 알고 있었다. 하지만 도대체 얼마나 많은 걸까?

"정말로 죽는 게 무섭지 않아?"

나는 갑작스럽게 물었다. 브루노는 고개를 숙이고 내 얼굴을 핥기 시작했다. 다정한 태도였지만 나를 약간 무시하는 듯한 느낌도 섞여 있었다.

"일곱 개의 목숨을 다 살고 나면 죽는 게 나쁘진 않아."

브루노가 말했다.

"네 번째나 다섯 번째 삶까지만 살고 죽어야 할 땐 나쁘지. 그런 경우에는 삶에서 놓친 게 얼마나 많은지 후회하게 되니까."

나는 브루노에게 다시 물었다.

"왜 우리는 꼭 죽어야 해?"

"키티야, 무슨 그런 질문을 해?"

브루노는 갑자기 진지한 표정을 지었다. 아니 살짝 비웃는 표정이었나? 어느 쪽인지 구별이 가지 않았다.

"곰곰이 생각해 보면 너도 답을 알 거야. 우리가 죽어야 다음 세대들이 살아갈 자리가 생기지. 우리 아이들도 그리고 그 아이들의 아이들도 살고 싶을 거잖아. 우리가 쥐들을 남겨 두고 가야 다음 세대들이 그 쥐들의 다음 세대를 잡을 수 있지."

브루노에게는 모든 게 그토록 명쾌한 걸 나는 이해할 수 없었다. 나는 조심스럽게 물었다.

"목숨이 몇 개 남아 있어?"

"이제 하나뿐이야."

브루노가 대답했다.

"지난주에 수술을 받았어. 그러느라고 집에 없었던 거야. 동물 병원에 입원해 있었거든. 어려운 수술이었어. 수술이 끝나고 내 일곱 번째 삶이 시작됐지."

나는 무척 놀랐다. 브루노까지 잃고 싶지 않았다. 나는 무거운 마음으로 물었다.

"목숨 하나는 얼마나 길어? 내 말은 목숨 일곱 개의 길이가 다 같냐는 뜻이야."

브루노는 얼굴을 들이밀더니 내 이마를 핥아 준 다음 어르듯이 가르릉 소리를 냈다.

"아니. 다행히 우리는 한 번의 삶이 얼마나 긴지 미리 알지는 못해. 안 그러면 살아갈 용기와 살아가는 기쁨을 잃고 말걸. 우리 할아버지는 아주 지혜로운 분이었는데 항상 이렇게 말씀하셨어. 1년이든 1일이든 무슨 상관인가? 좋은 건 그 자체로 충분한걸."

내가 "이해가 안 가." 하고 말하자 브루노는 이렇게 대꾸했다.

"그걸 이해하기에 넌 너무 어려. 하지만 앞으로 언젠가는 내 생각이 날 거고 그때가 되면 이해될 거야."

"언젠가는."

나는 중얼거렸다.

"그래. 언젠가는."

그날 밤 나는 빵집 건물에서 잠자리를 찾아야만 했다. 이삿짐을 나르러 온 일꾼들이 내가 드나들던 지하실 문을 잠갔기 때문이다. 이제 살던 집으로 가는 길은 막혀 버렸다. 게다가 가구들을 몽땅 치워서 텅 빈 집이 되었다. 나는 운 좋게도 빵집 건물에 붙은 헛간에서 밀가루 포대가 잔뜩 쌓여 있는 곳을 발견했다. 몸을 눕히고 잠을 청하기에 아주 좋은 장소였다. 썩은 밀가루 냄새가 나고 고양이 냄새도 조금 났다. 길고양이가 여기서 잠을 잤나 보다. 그 생각은 어쩐지 위안이 되었다.

20

편안하지만 단조롭고
지루하기 짝이 없는 생활은
하나도 부럽지 않아.

여름이 되었다. 따뜻한 여름이었다. 길고양이로 살아가는 새로운 삶은 적어도 날씨가 좋은 날에는 그다지 나쁘지 않았다. 대부분의 시간을 때로는 가짜 언니 플레키와 함께, 때로는 브루노와 함께 그리고 가끔은 둘 모두와 함께 단지 안에 있는 정원들을 돌아다니며 쥐를 잡았다. 뭔가는 먹고살아야 하는 법 아닌가.

어느 날 쥐구멍 앞에 웅크리고 있는데 언젠가 엠마 할머니가 쥐 사냥에서 돌아온 나한테 쥐들이 불쌍하지도 않냐고 묻던 일이 떠올랐다.

나는 대답 대신 이렇게 물었다.

"왜요? 할머니는 지금 껍질을 깎고 있는 감자가 불쌍하세요?"

할머니가 얼른 말을 받았다.

"그건 경우가 다르지. 감자는 채소야. 그러니 뇌가 없잖아."

나는 질세라 대꾸했다.

"그래요? 그럼 할머니가 드시는 통닭은요? 훈제 햄은요? 스테이크랑 돈가스는 또 어떻고요? 잠깐만요. 멋진 문장이 떠올랐어요. '사람들한테 스테이크가 맛있는 것처럼 고양이한테는 쥐가 맛있다.'"

할머니는 큰 소리로 웃었다. 그리고 어깨를 으쓱하더니 말했다.

"네 말이 맞구나. 이 얘기는 더 이상 하지 말자."

쥐구멍 앞에서 쥐를 기다리며 혹시 쥐도 채소처럼 뇌가 없는 건 아닐까 생각했다. 어쨌든 하는 일이라곤 곡식을 축내고 끊임없이 숫자를 불리는 일 밖에 없지 않은가? 쥐들은 고양이들과는 비교할 수 없을 정도로 엄청 빠르게, 엄청 많이 불어난다. 물론 우리 고양이들도 먹는 것과 새끼 낳기를 소홀히 하진 않지만 우리 관심은 거기에만 있지 않다. 훨씬 더 의미 있는 활동도 한다. 예를 들어 슬며시 눈을 감고 조는 일이라든지 곰곰이 생각에 잠기는 일이라든지. 어쨌든 쥐들이 엄청나게 빨리 번식하는 건 확실하다. 집 근처에는 고양이 몇 마리에게 필요한 숫자보다 훨씬 많은 쥐가 살고,

다행히 우리한테 잡힐 만큼 멍청했다.

　그래서 나는 먹을 것이 부족하지는 않았다. 마실 물은 공원의 연못과 하늘색 주택 안에 있는 금붕어 연못으로 충분했다. 하늘색 주택에도 고양이 한 마리가 살고 있었다. 털이 긴 페르시아 고양이였는데 우리를 거들떠보지도 않았다. 하루 종일 테라스에 있는 안락의자 위 비단 방석에 앉아 있었다. 내가 옆을 지나가면 잠깐 눈꺼풀을 치켜떴다가 바로 내렸다. 나는 속으로 '분명히 쇠고기랑 특별 간식만 먹고살 거다! 흥! 실컷 먹으라지!' 하고 생각했다. 하나도 부럽지 않았다. 단조롭고 지루하기 짝이 없는 생활 아닌가. 나는 페르시아 고양이를 향해 짧게 푸우 소리를 내고는 계속 갔다.

　종종 햇살이 따사로운 곳에서 낮잠을 잘 때마다 엠마 할머니 꿈을 꾸었다. 항상 할머니 꿈을 꾸었다. 눈을 감기가 무섭게 할머니가 나타났다. 테라스에 있는 흔들의자에 앉아 기지개를 켜는 할머니, 내 사료 접시를 채워 주는 할머니, 장에서 사 온 물건을 펼쳐 놓는 할머니, 옷장 맨 위 서랍에서 특별 간식을 꺼내는 할머니, 밤에 잠들기 전에 포트와인 한 잔을 마시는 할머니, 잘 자라는 인사로 나를 쓰다듬어 준 후 옆으로 누워 잠을 청하는 할머니. 이런 꿈을 꿀 때면 내 주변에 있는 모든 걸 잊었다. 그건 사실 좀 위험한 일이기도 했다. 가끔 성난 개 한 마리가 나를 향해 달려오기도 했기 때문이다. 하지만 이 굼뜬 녀석들은 별로 영리하지 않다. 어찌나 큰 소리로 으르렁거리는지 고양이라면 누구나 제때 잠에서 깨

얼른 도망칠 수 있다.

　나한테는 규칙적으로 만나는 친구 브루노와 플레키가 있었다. 날씨가 맑은 한 하루하루가 비교적 만족스럽게 흘러갔다. 하지만 비 오는 날에는 길고양이로 지내기가 힘들었다. 우리 고양이는 마시는 물을 빼고는 물이라면 원래 질색이다. 연못이나 개울, 물웅덩이처럼 땅에 고인 물은 말할 것도 없고 하늘에서 떨어지는 빗방울도 싫어한다. 그래서 나는 비가 내리면 어딘가에 몸을 숨겼다. 운이 좋으면 첫 번째 빗방울이 떨어지기 전에 빵집 건물에 도착할 수 있었다. 하지만 매번 운이 좋진 않다. 그런 날은 비에 흠뻑 젖은 채 바들바들 떨면서 빵집 헛간의 밀가루 포대 위에 누워서 몸의 물기를 핥았다. 그리고 '엠마 할머니랑 살 때는 이런 일이 한 번도 없었는데.' 하고 생각했다.

　브루노는 헛간으로 자주 찾아왔다. 우리는 이런저런 얘기를 나누었다. 그러던 어느 날 브루노한테 며칠 동안 나를 사로잡고 놓아주지 않았던 질문을 던졌다. 어쩌면 엠마 할머니 생각에서 벗어날 계기가 필요했기 때문인지도 모른다. 어쨌든 곡예사로 불리는 삼색 고양이 미치처럼 무언가 특별한 재주를 갖고 싶었다. 플레키가 '귀염둥이'라고 부르는 키티라는 이름의 고양이, 호랑이 줄무늬가 있는 붉은색 고양이 키티만으로는 충분하지 않았다.

　"브루노, 공중제비 도는 법을 가르쳐 줄 수 있어?"

　브루노는 한참 동안이나 살피는 눈길로 나를 쳐다보더니 이렇게 대답했다.

"네 다리는 좀 짧은 편이라 점프하는 힘이 약할 거야. 하지만 몸집이 작으니 공중에서 재주넘기에는 유리할 것 같아. 공중제비도 재주넘기와 다를 게 없어. 가능할 것 같은데, 일단 한 번 해 보는 게 어때?"

다음 날, 우리는 빵집 마당에서 연습을 시작했다.

"최대한 높이 점프해 봐!"

브루노가 외쳤다.

나는 온몸의 근육을 조였다가 있는 힘껏 풀쩍 뛰어올랐다. 아래로 떨어지니 마당의 잡초가 배를 간질였다. 나는 잠깐이지만 날아오른 듯한 기분이었는데 브루노는 전혀 만족하지 않았다.

"더 높이!"

브루노가 명령했다.

"훨씬 더 높이!"

나는 숨이 차서 헐떡거릴 때까지 점프를 하고 또 했다.

점프 연습을 한 지 이틀이 지나자 브루노는 점프를 하면서 몸을 회전시키라고 주문했다. 나는 바로 성공했다. 위로 뛰어오름과 동시에 몸을 빙그르르 돌렸다. 처음에는 절반 정도만 돌릴 수 있었는데 금방 더 많이 돌릴 수 있었다. 점프하면서 몸을 한 바퀴 공중에서 빙글 돌렸는데 공중회전은 한 바퀴에만 그치지 않았다. 나중에는 두 바퀴 회전도 해냈다.

"대단하다."

브루노가 칭찬했다.

"너처럼 공중회전을 두 바퀴나 하는 고양이는 본 적이 없는걸. 그럼 이번에는 공중제비를 시도해 보자. 공중에서 재주넘기를 한다고 상상하면 돼."

나는 브루노가 말한 대로 해 보았다. 공중으로 높이 점프한 상태에서 재주넘기를 시도했다. 하지만 땅에서는 얼마든지 가능했던 재주넘기가 공중에서는 번번이 실패로 돌아가고 말았다. 한 번은 바닥에 등을 아프게 부딪쳤고 몇 번은 옆구리로 떨어졌다. 여러 번 해 보았지만 달라지지 않았다. 아무한테도 말은 하지 않았지만 브루노처럼 두 바퀴 공중제비를 꿈꿨는데 두 바퀴는커녕 한 바퀴도 돌 수가 없었다.

내가 너무 못하니까 브루노도 실망한 것 같았다. 하지만 내색하지 않고 공중회전부터 더 완벽하게 하는 것이 좋겠다고 제안했다. 내가 의기소침할까 봐 걱정이 되었나 보다. 말로는 이제껏 모임에서 공중회전을 선보인 고양이는 없었으니 충분히 다른 고양이들의 감탄을 자아낼 거라고 했다.

그래서 우리는 공중회전 연습으로 돌아갔다. 내가 공중회전 세 바퀴를 연달아 성공하자 브루노가 말했다.

"다음번 모임에 네 재주를 선보여도 되겠어. 그때까지 매일 여러 차례 연습해야 해. 그래야 확실하게 익혀서 망신당하지 않지."

나는 브루노가 시키는 대로 했다. 오래 그리고 기꺼이 연습했다. 공중회전을 연습하는 동안은 엠마 할머니 생각을 할 겨를이 없었기 때문이다. 연습은 플레키나 브루노와 나누는 대화 못지않게 내 관심을 엠마 할머니한테서 돌려놓았다. 나는 잔뜩 긴장한 채 고양이들 앞에서 재주를 선보일 날을 기다렸다. 마침내 모임이 열리는 날, 어찌나 떨리던지 그러다가 실수할까 봐 걱정이 되었다.

플레키는 내가 그날 공중회전을 선보일 것을 당연히 알고 있었다. 그래서 브루노와 나를 따라왔다. 오토바이 사고 이후 브루노가 모임에 참석한 것은 처음이었다.

"너 응원하러 가는 거야."

브루노가 말했다.

"다들 얼마나 놀랄지 기대가 되는걸."

브루노가 모임에 왔다는 사실만으로도 우리는 대단한 관심을 끌었다. 모두 기쁨에 넘치는 표정으로 그를 맞았다. 반가움을 드러내는 가르릉 소리가 그렇게 한꺼번에 울린 건 처음이었다. 브루노는 매우 당황한 모양이었다. 전혀 예상치 못한 반응이었다. 브루노는 누군가가 다가와 친밀감을 드러내며 툭툭 치자 고개를 숙이고 꼬리를 살랑거렸다. 브루노가 그 자리에 함께 있다는 사실만으로 나는 안정감을 찾을 수 있었다.

다들 흥분이 가라앉자 브루노는 나에게 그동안 배운 것을 보여주라고 말했다. 나는 용기를 전부 끌어모아 점프를 했다. 공중에서 한 바퀴, 두 바퀴 그리고 세 바퀴 몸을 회전시킨 후 그간 해 왔던 어떤 동작보다도 우아하게 착지했다.

"브라보!"

고양이들이 소리쳤다.

"근사하다!"

나는 사방에서 들리는 칭찬과 감탄의 말에 온몸이 화끈거렸지만 모두의 요청대로 몇 차례 더 공중회전을 반복했다. 심지어는 람보마저도 부러움 가득한 말투로 그런 걸 한 번도 본 적이 없다고 고백했다.

"정말 멋있었어, 귀염둥이."

플레키가 자기 어깨를 내 어깨에 대고 비비면서 말했다. 브루노는 만족스러운 표정으로 고개를 쓱 치켜들었는데 아주 자랑스러워 보였다.

나는 행복했다. 그래도 마음속 깊은 곳 어딘가에는 엠마 할머니한테 말해 줄 수 없기 때문에 느끼는 아쉬움이 있었다. 할머니가 이걸 봤더라면 분명 칭찬하며 상으로 특별 간식 세 개는 주었을 텐데.

그날 밤 모임은 특별히 멋졌다. 브루노와 내가 앉아 있곤 했던 코니스는 그날 밤 텅 비어 있었다.

"3년 만에 처음이야."

브루노가 내 귀에 속삭였다.

"내가 사고를 당한 후 처음으로 모임에 참석한 거야."

브루노는 판판하고 넓은 돌 위에 앉아 다른 고양이들을 바라보았다. 점프하는 데 낄 수가 없었기 때문이다. 바라보는 것만으로 만족하는 고양이는 브루노만이 아니었다. 왼쪽 귀 반쪽이 없는 나이 든 은회색 고양이 카스트로가 브루노 옆자리에 앉았다. 나이가 좀 들었고 무슨 이유에선지 이름이 '나무딸기'인 길고양이도 잠시 후 함께 했다. 나무딸기는 지친 듯 숨을 가쁘게 쉬었다. 세 고양이는 활기차게 대화를 나누는 듯했다. 플레키도 동작을 멈추고 그들에게 다가갔다.

하얀색 고양이가 공중제비를 하고 나자 모두 소리쳤다.

"대단하다. 이번엔 키티야, 공중회전을 한 번 더 보여 줘!"

나는 더 이상 '줄무늬가 있는 붉은 고양이'가 아니었다. 이제 나는 '세 바퀴 공중회전을 하는 키티'였다.

내가 대단한 성공을 거두었던 그날 밤, 브루노는 나와 함께 헛간에 머물렀다. 나는 행복한 나머지 카산드라 언니를 불러 보기는커녕 언니 생각은 눈곱만큼도 안 했다.

21

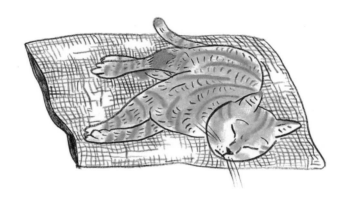

　공중회전을 선보인 뒤 2, 3주간은 별다른 일이 일어나지 않았다. 내 말은 얘기할 만한 일이 별로 없었다는 뜻이다. 엠마 할머니 집에 아이가 둘 있는 가족이 이사 온 것을 빼고는 그랬다. 새로운 가족이 이사 온 이후 나는 접시꽃이 핀 울타리가 있는 모퉁이 집 근처는 얼씬도 하지 않았다. 한때 우리 집이었던 곳이 이제는 다른 사람들 집이 되었다는 사실을 두 눈으로 확인하고 싶지 않아서였다. 우리 집에 다른 사람들이 살고 있는 걸 처음 보았을 때 마음이 정말 아팠다. 두 번 다시는 보고 싶지 않은 장면이었다.

그것 외에는 별다른 일이 없었다. 나는 평상시와 다름없이 매일 쥐를 잡고 몇 시간은 졸면서 보냈다. 종종 세 바퀴 공중회전을 연습했고 네 바퀴 돌 수 있는 날을 꿈꾸었다. 브루노나 플레키를 만났으며 둘 다 만나기도 했다. '엠마 할머니'와 '요양원' 그리고 '이제 다시는'을 떠올린 횟수를 세면 백과사전 두 권을 채웠을 거다. 하지만 이 생각은 혼자만 간직하기로 했다.

여름이 점점 지나가고 있었다. 밤이면 나는 빵집 헛간에서 여전히 밀가루 냄새가 나는 포대 위에 누워 잠들었다. 낮은 똑같은 속도로 단조롭게 흘러갔다. 쥐를 잡고, 졸고, 돌아다니고, 브루노 또는 플레키를 만나거나 둘 다 만나고, 돌아다니고, 쥐를 잡고, 졸고, 브루노나 플레키와 몇 마디 나누고, 돌아다니고…….

그러던 어느 날 일어나지 않았더라면 좋았을 일이 일어났다. 나는 브루노와 플레키랑 빵집 뒤편의 들판을 천천히 달려가고 있었다. 추수가 끝난 들판에서 쥐구멍을 찾아볼 생각이었다. 그때, 나는 갑자기 등을 파고드는 발톱을 느꼈다. 오른쪽 옆구리가 칼에 찔린 것처럼 아팠다. 순식간에 주위가 깜깜해지고 구멍 속으로 떨어졌다. 아래로, 아래로 계속해서 떨어졌지만 멈추지 않았다. 어디선가 나타난 고양이가 두 팔을 길게 뻗어 아이들이 공을 받듯 나를 받아 품에 안았다.

정신을 차려 보니 빵집 헛간의 내 자리에 누워 있었다. 아프지 않은 곳이 한 군데도 없었다. 너무나 아파서 숨 쉬기가 힘들 정도였다. 나는 브루노와 플레키가 옆에 있다는 걸 어렴풋하게 알아챘다. 브루노가 무슨 말인가 했는데 알아들을 수가 없었다. 플레키가 크게 신음소리를 냈는데 귀가 윙윙 울리는 것 같았다. '왜 저렇게 신음소리를 내지?' 하고 생각하다가 신음소리를 내는 게 나라는 걸 깨달았다. 나는 다시 깜깜한 구멍 속으로 떨어졌다. 구멍에 빠진 동안에는 잠시나마 고통을 잊을 수 있으니 차라리 다행이었다. 구멍 아래서 나를 받아 주려고 양팔을 뻗은 고양이를 봤는데 나처럼 호랑이 줄무늬를 가진 붉은색 고양이였다. 나는 그 고양이를 알아보았다. "카산드라 언니, 언니였어?" 하고 묻자 언니는 나를 꼭 끌어안더니 "당연히 나지, 그럼 누구겠니?"라고 대답했다.

잠시 후 나는 다시 정신이 들었다가 너무 심한 고통에 또다시 구멍으로 가라앉았다. 그러기를 몇 번이나 반복했는지 모른다. 정신을 차리고 보면 브루노와 플레키가 내 상처를 깨끗이 핥아 주고 있었다. 브루노는 등의 할퀸 자국을, 플레키는 오른쪽 옆구리의 물린 자국을 핥았다. 그리고 밑으로 가라앉으면 카산드라 언니가 두 팔을 벌리고 맞아주었다.

어느 정도 정신이 들었을 때 무슨 일이 일어난 건지 물어봤다. 나를 간호하던 브루노와 플레키한테 들은 대답이 완전히 기억나지는 않는다. 군데군데 기억나는 내용을 나중에 다시 짜맞추고서야 어떻게 된 일인지 알 수 있었다. 나를 습격한 것은 여우였다. 근처에 있던 숲에서 나온 여우는 별로 크지 않은 나를 쉬운 먹잇감으로 생각했나 보다. 솔직히 털어놓으면 나는 다 자란 고양이치고는 체격이 상당히 작은 편이다. 브루노와 플레키에 비하면 눈에 띄게 작다. 그 탓에 종종 다른 고양이들이 나를 약간 깔보는 경향이 있다.

"쉬운 먹잇감이라니, 당치도 않은 소리지."

브루노가 말했다.

"플레키가 있다는 걸 계산 못 한 거야. 어찌나 사납게 달려들어 소리를 지르는지 여우가 놀라서 너를 떨어뜨렸어."

브루노는 감탄하는 표정으로 고개를 절레절레 흔들었다.

"정말 믿을 수가 없어. 플레키가 꼭 자기 덩치의 세 배나 커진 것 같았다니까. 평소보다 세 배 정도 무서웠고, 여우는 플레키가 콧등까지 할퀴자 어쩔 수 없이 꼬리를 말고 도망쳤지. 여우를 쫓은 후 우리는 밀가루 포대를 가져다가 너를 눕힌 다음 이빨로 끌고 이리로 옮겼어."

"귀염둥이야, 브루노가 과장한 거야."

플레키가 겸연쩍은 표정으로 말을 받았다.

"별로 똑똑하지 못한 여우였나 봐. 아니면 그렇게 당할 리가 없었겠지."

나는 '내 가짜 언니 플레키는 정말 멋지고 용감해.' 하고 생각하면서 다시 눈을 감았다.

브루노와 플레키가 쥐를 잡아다 주었지만 배가 고프지 않았다. 그저 목이 몹시 마를 뿐이었다. 그사이에 열이 오르기 시작했기 때문이다. 온몸이 불타오르는 것처럼 뜨겁게 느껴졌다. 화염이 나를 향해 손을 뻗었다. 그 앞에 브루노와 플레키가 그림자처럼 버티

고 있었다. 예전에 연못에 빠졌을 때 차가운 물살이 덮쳤듯 이번에
는 뜨거운 열기가 인정사정없이 덮쳤다. 관자놀이의 핏줄이 벌떡
거리고 다리는 경련을 멈추지 않았다. 피부가 팽팽하게 당겨져 금
방이라도 찢어질 듯했다. 카산드라 언니가 내 이마를 훑으며 다정
하게 속삭였다.

"키티야, 괜찮아. 걱정하지 마. 다 잘될 거야."

내가 두 눈을 떴을 때 이마를 훑고 있었던 건 가짜 언니 플레키
였다. 하지만 잠시 후에는 다시 카산드라 언니가 나타나 나를 부드
러운 무릎에 앉히고 흔들면서 쓰다듬어 주었다. 엠마 할머니가 나
를 안고 흔들면서 쓰다듬어 주었듯이. 그리고 엠마 할머니와 똑같
은 청회색 눈으로 나를 다정하게 바라보았다. 카산드라 언니는 나
를 품에 꼭 껴안고, 나를 태우려고 넘실거리는 불꽃을 잠재웠다.
그러다가 다시 플레키가 내 상처를 훑아 주면서 말하는 소리가 들
렸다.

"걱정하지 마, 귀염둥이. 다 잘될 거야."

나는 서서히 정신을 차렸다. 참을 수 없는 갈증이 느껴졌다. 이
번에도 기가 막힌 생각으로 나를 구한 건 플레키였다. 브루노는 플
레키가 몇 번이나 뛰어오른 끝에 빨랫줄에 걸린 수건을 잡아채는
데 성공했다고 나중에 말해 주었다. 플레키는 브루노와 함께 수건
을 물고 공원 연못으로 갔다. 물이 닿는 게 싫었지만 꾹 참고 수건
을 물에 담갔다가 빵집 헛간으로 가져왔다. 차가운 수건은 내 뜨거
운 이마를 식혀 주었고 수건에서 뚝뚝 떨어지는 물방울은 입을 적

셔 갈증을 달래 주었다. 내 상태가 좋아지고 식욕이 되살아날 때까지 브루노와 플레키는 며칠 동안이나 이 일을 반복했다.

드디어 몸이 어느 정도 회복되자 그사이 겪은 일이 마치 악몽 같았다. 하지만 어깨 아래쪽에서 시작해 오른쪽 옆구리로 이어진 커다란 흉터는 모든 게 꿈이 아니었다는 걸 평생 상기시킬 것이다.

"제대로 된 직조 결함이네."

브루노가 말했다.

"그 덕분에 더 아름답게 보이는걸."

우리 둘 다 그 말이 거짓말이라는 걸 알고 있었다. 아니, 완전히 거짓말은 아니더라도 듣기 좋으라고 하는 말이었다. 그래도 어쨌든 다정한 말이었다.

그 일 이후 나는 매일 밤 잠들기 전에 카산드라 언니와 대화를 나눈다. 사실 정확하게 말하면 내가 얘기를 하고 언니는 듣는다. 나는 하루 종일 무얼 했는지, 어떤 생각을 했는지 얘기한다. 그러면 카산드라 언니는 종종 플레키의 목소리로 이렇게 대꾸한다.

"키티야, 걱정하지 마. 다 잘될 거야."

별로 긴 말은 아니지만 아주, 아주 위로가 되는 말이다.

22

가엾은 사람들을 위해

가진 것 가운데

무언가를 내주는 건

우리가 할 수 있는 최소한의 일이다.

새로운 소식을 처음 전한 것은 핍스였다. 동물보호소에 또 끌려 갔는데 거기서 도시에 낯선 고양이들이 나타났다는 소식을 들었다고 했다. 별로 멀지 않은 나라에 내전이 발생해 피난처를 찾아 고향을 떠난 고양이들이라고 했다. 플레키와 브루노랑 공원 잔디밭에 엎드려 햇볕을 쬐고 있는데 핍스가 나타나 그 얘기를 해 주었다.

"내전이 뭐야?"

몸집이 작은 하얀색 고양이 릴리가 물었다. 우리가 부추기지 않았건만 꼬마 릴리는 최근에 종종 우리 무리에 끼었다. 어느 날 보니 옆에 앉아 있었는데 워낙 조용하고 얌전해서 우리는 릴리를 쫓지 않고 그냥 두었다.

나는 엠마 할머니와 나누었던 대화가 기억나서 전쟁에 대하여 설명해 줄 수 있었다. 할머니와 주고받았던 얘기는 특별한 계기가 없이도 늘 기억이 잘 났다. 그때 할머니는 은행의 송금 용지 빈칸을 채우고 있었다. 무얼 적는 거냐고 묻자 할머니는 기부금을 보내는 거라고 대답했다. 나는 "왜 보내는데요?" 하고 물었다.

할머니는 이렇게 대답했다.

"고국에서 도망쳐 나온 사람들을 위한 돈이란다. 거기에 전쟁이 일어났거든."

"왜요?"

"어떤 집단 사람들이 다른 집단 사람들과 더 이상 같이 살지 않으려고 하니까. 서로 증오하기 때문이야. 일단 전쟁이 일어나면 애초에 무엇 때문에 전쟁이 일어났는지 이유는 아무도 모른단다. 서로 총을 쏘아대고 폭탄을 떨어뜨리며 공격해서 죄 없는 사람들이 많이 죽지."

"고양이도요?"

나는 깜짝 놀라 물었다.

"그럼. 고양이는 물론 개와 말, 새들까지 사람들과 함께 지내던

144

동물들이 다 죽는단다. 폭탄은 사람한테나 동물한테나 가리지 않고 떨어지거든."

"끔찍하네요."

"그래. 끔찍하고 잔인한 일이야."

할머니는 슬픈 목소리로 말을 이었다.

"날마다 얼마나 많은 아이들이 죽는지 생각하기도 싫구나. 아직 제대로 살아 보지도 못했건만. 그러니 어른들이 아이들을 데리고 이리로 도망쳐 오는 게 당연하지. 안전한 곳을 찾아야 하고 또 도움이 필요하잖아."

"그래서 돈을 보내는군요. 그런데 엠마 할머니, 돈 많으세요?" 나는 걱정스럽게 물었다. 할머니는 고개를 저었다.

"그렇진 않단다. 하지만 그저 어떻게든 목숨만은 건지려고 가진 걸 몽땅 두고 도망쳐 나온 가엾은 사람들에 비하면 분명 많지. 가진 것 가운데 무언가를 내주는 건 우리가 할 수 있는 최소한의 일이란다."

그 말을 듣고 난 무얼 내줄 수 있나 생각하고 있는데 할머니가 말을 이었다.

"다들 그렇게 한다면 좀 더 좋은 세상이 될 텐데. 그걸 연대라고 부른단다. 키티야, 이 말을 기억하렴. 요즘에야 이 말이 구태의연한 단어가 되어 버렸지만, 본래 가졌던 의미와 가치가 사라진 건 아니야."

할머니는 그때 송금 용지 빈칸을 다 채운 후 돈을 부치러 우체

국으로 갔었다.

"핍스가 말하는 낯선 고양이들은 전에 살던 곳에서 전쟁이 나는 바람에 도망쳐 나온 고양이들일 거야. 전쟁이 난 이유야 모르겠지만."

나는 릴리에게 친절하게 설명해 주었다.

"전쟁터에 그대로 있다간 죽을까 봐 무서웠겠지."

릴리는 고개를 흔들었다.

"끔찍하네."

"그래. 그야말로 비극이야."

브루노가 대화에 끼어들었다.

"비극은 항상 있었어. 너희한테 얘기 하나 해 줄까? 우리 고양이가 어떻게 첫 번째 비극에서 살아남았는지? 이 세상 동물 전부가 우리랑 같이 그 첫 번째 비극에서 용케 살아남았어."

"좋아!"

플레키와 나는 입을 모아 외쳤다. 꼬마 릴리도 브루노에게 몸을 바싹 붙이고 졸랐다.

"그래, 브루노, 얘기해 줘."

갑자기 전쟁은 멀리 사라졌다. 햇살이 비치고 가까이 있는 지붕에서 비둘기가 구구거리는 소리가 들려왔다. 잔디밭에 드러누운 우리 주위로 벌이 윙윙거리고 나비들이 날아다녔다. 나비 한 마리가 릴리의 머리 위에 내려앉았다. 머리에 꽃 한 송이가 꽂힌 것처럼 보였다.

23
모든 생명체는
살 권리가 있다.
작고 보잘것없는 생명체들조차도

브루노가 앞발을 들어 이마를 한 번 훔치더니 말했다.

"아주 오래전부터 고양이들은 때로는 스스로 살아남아야만 했고 때로는 살아남기 위해서 남의 도움을 받기도 했어. 그게 항상 성공한 덕분에 우리가 여기 이렇게 살고 있는 거야. 그러지 못했다면 우리 고양이들이 세상에서 사라졌겠지. 너희 노아의 방주 얘기 들어 봤니? 아니라고? 그럼 지금부터 얘기해 줄게."

브루노는 헛기침을 몇 번 하고는 이야기를 시작했다.

오래전 아주 심한 홍수가 닥쳐서 사람들과 동물들이 모두 물에 빠져 죽기 직전이었어. 노아라는 남자가 있었는데 무척 용의주도한 사람이었지. 홍수가 닥칠 거라는 걸 미리 들었는지 아니면 예지능력이 있어서 꿈을 꾸었는지는 모르겠지만 어쨌든 커다란 배를 만들기 시작했어. 조만간 닥칠 홍수에 대비해서 가족과 함께 배에 머물 작정이었지. 그런데 문제가 하나 생겼어. 노아의 아내가 암고양이와 수고양이 한 쌍을 키우고 있었거든. 노아의 아내는 자기 고양이들을 무척 사랑했어. 그래서 고양이들을 데리고 가지 않으면 배에 타지 않겠다고 고집을 부린 거야.

'대체 고양이가 뭐에 필요하단 말이오?'

노아가 아내에게 말했지.

'우리와 아이들 목숨을 부지하는 것만으로도 감사할 지경인데.'

'안 돼요.'

아내가 단호하게 대꾸했어.

'내 고양이들과 함께 가든지 아니면 안 가든지. 알아야 할 게 있어요. 고양이 없이 살 수 있을지는 몰라도 무의미하다고요. 선택하세요. 나와 고양이들을 함께 배에 태우거나 우리 셋을 두고 가거나요.'

'알았어요. 마음대로 해요.'

노아는 하는 수 없이 고양이 둘이 지낼 수 있도록 배 안에 방을 만들었지. 그걸 본 개 한 쌍이 노아에게 다가와 말했어.

'고양이를 구할 생각이라면 우리도 구해 줘야 해요. 나중에 가축을 키우게 되면 우리가 지킬 수 있잖아요.'

'알았어. 마음대로 해.'라고 노아는 개들의 요구를 순순히 들어주었어. 개들이 머물 수 있게 판자로 나눈 방을 또 하나 만들었지.

그 일이 끝나기가 무섭게 이번에는 말 한 쌍이 찾아와 자기들도 구해 달라고 부탁했어.

'나중에 우리가 필요할 거예요. 당신을 태우고 다닐 수도 있고 마차를 끌 수도 있으니까요.'

말들은 이 말을 하면서 크게 히힝 소리를 냈지. 노아는 그 말이 일리가 있다고 생각해서 배 안에 말 두 마리를 위한 거처도 만들기 시작했어.

노아가 한참 그 일을 하고 있는데 소 한 쌍이 나타났어.

'우리가 없으면 당신 아이들이 마실 우유는 어디서 얻을 건가요? 아침식사 때 먹을 버터와 치즈는요? 그러니 우리도 꼭 데려가야 해요.'

염소 한 쌍도 찾아와 비슷한 얘기를 했지. 닭 한 쌍은 사람들이 먹을 달걀 때문에 자기들도 데려가야 한다고 주장했어. 거위와 오리도 같은 얘기를 했고.

그러자 이번에는 온갖 종류의 새들이 노아에게 와서 공평한 대우를 해 달라고 졸랐어.

'개네는 데려가고 우리는 왜 안 데려가는데요?'

마음씨 좋은 노아는 모든 동물들의 요청을 거절하지 못했어. 판자로 방을 여러 개 만들고, 새들을 위한 새장도 많이 만들었지.

숲과 들에 사는 동물들도 한 쌍씩 노아를 찾아왔어. 노루와 사슴, 멧돼지와 토끼, 고슴도치와 담비, 스컹크와 생쥐 그리고 쥐와 그 밖의 동물들도 구해 달라고 애원했지.

불쌍한 노아는 동물들을 태울 장소를 만드느라 쉴 틈이 없었어. 체구가 큰 동물들에게는 판자로 만든 방을 주고, 작은 동물들에게는 상자 모양 거처를 마련해 줬지. 물론 숨 쉴 구멍을 뚫는 걸 잊지는 않았어. 노아는 배려심 깊은 사람이었거든.

하지만 사자와 호랑이, 표범 등 커다란 맹수들까지 와서 데려가라고 요청하자 거절했지.

'너희는 데려갈 수 없어. 너희는 너무 크고 사나운걸.'

맹수들이 항의했어.

'그건 우리 탓이 아니에요. 그렇게 타고난걸요. 그렇다고 해서 우리는 살 자격이 없나요?'

노아는 양보했지.

'다른 동물들을 건드리지 않는다고 약속하면 데려가마. 내 배에서는 서로 잡아먹고 먹히는 건 금지야.'

맹수들은 선서하듯이 앞발을 치켜 올리고 약속했어.

'굶주릴지언정 살아남는 게 배부른 채 물에 빠져죽는 것보다야 백번 낫죠.'

그렇게 계속해서 판자로 방을 만들고, 상자 모양 새장도 만드는 바람에 방주는 점점 더 커졌어. 그러다가 코끼리 한 쌍이 나타나자 노아는 거의 미칠 지경이었지. 하지만 판자로 만든 방과 새장을 서로 바짝 붙이고 몇 개는 포개서 코끼리들을 위한 자리를 확보했어. 노아가 이제는 끝일 거라고 생각하고 있는데 곤충들이 찾아와 자기들도 구해 달라고 요구했지.

'모든 생명체는 살 권리가 있어요. 작고 보잘것없는 생명체들도요.'

노아는 그 말을 인정했어. 마음이 착하고 동정심 넘치는 노아는 나무로 작은 상자를 만들고 뚜껑에 구멍을 내 개미와 벌레들, 쌍무늬 바구미, 모기와 벌, 파리와 나비, 잠자리와 그 밖의 온갖 기어 다니고 날아다니는 동물들을 배에 태웠지. 심지어는 감자잎벌레와 뱀, 모기와 벼룩까지도 배에 올라탔어. 그 곤충과 동물들도 살 권리가 있었으니까. 그렇게 된 이상 개구리와 두꺼비한테도 안 된다고 말할 수 없었지.

마침내 세상에 있는 모든 종류의 동물을 위한 거처가 마련되고, 동물들이 판자 방과 새장에 자리를 잡았어. 예고된 대홍수를 맞을 만반의 준비가 된 거야.

드디어 대홍수가 닥쳤지. 물이 점점 차올랐지만 활기찬 승객들을 태운 배는 범람하는 물 위에 안전하게 떠 있었어. 배 안은 온갖 동물들이 내는 소리로 요란했지. 삐삐 하는 소리와 구구 우는 소리, 짹짹 지저귀는 소리, 꽥꽥 우는 소리가 나는가 하면 컹컹 짖는 소리, 으르렁거리는 소리, 음메 소리와 히힝 소리, 매애 소리가 났어. 그뿐이 아니야. 크르렁 소리와 붕붕 소리, 꾸꾸 소리와 낑낑 소리, 딱 소리와 쉿 소리, 휘파람 소리와 지지배배 소리, 개굴개굴 소리와 찍찍 소리도 들렸지. 귀청이 떨어져 나갈 정도의 소음에 행여 귀머거리가 될까 싶어 노아 부부는 얼마나 자주 귀를 막았는지 몰라.

며칠이 지나자 물이 조금씩 빠지기 시작했어. 매일 조금씩 물이 더 빠지더니 마침내 배 바닥이 땅에 닿았지. 노아는 워낙 조심스러운 성격이었기 때문에 만약을 대비해 며칠 더 기다렸어. 마침내 안전하다는 확신이 들자 판자 방을 하나씩 열고 새장도 차례대로 열고 상자도 하나하나 열어 동물들을 모두 내보냈어.

노아의 아내가 노아보다 먼저 배에서 내렸는데 양쪽 팔에는 사랑하는 고양이를 하나씩 안고 있었지.

이야기를 마친 브루노는 우리를 빙 둘러보더니 앞발을 들어 공중에 커다란 원을 그렸다.

"절대로 잊지 마. 이 세상의 모든 동물들 한 쌍이 살아남을 수 있었던 건 노아의 아내가 사랑한 고양이 한 쌍 때문이야. 꼭 기억해야 해. 쥐들은 물론이거니와 다른 동물들이 이 세상에서 사라지지 않은 건 순전히 우리 고양이 덕분이라는걸."

브루노는 그 말을 끝으로 침묵했다.

한참 동안 아무도 말을 하지 않았다. 모두 생각에 잠겨 있었다.

"정말 인상 깊은 이야기야."

마침내 플레키가 한마디 했다. 꼬마 릴리는 고개를 들어 감탄스러운 표정으로 브루노를 쳐다보며 가르릉거렸다. 나는 영리하고 현명한 브루노가 내 친구라는 사실이, 게다가 이야기를 그렇게 잘한다는 사실이 무척 자랑스러웠다.

잠들기 전에 카산드라 언니한테 노아와 커다란 배 이야기를 해 주었다. 재미있는 이야기라 내 입으로 한 번 더 듣고 싶기도 했고 또 한편으로는 그 이야기를 잊지 않기 위해서였다. 우리가 절대로 잊어서는 안 되는 이야기들이 있다.

24

'연대'란
심각한 상황에 처한 이들에게
우리가 가진 무언가를
기꺼이 내주는 거야.

계절이 여름에서 초가을로 넘어갈 무렵, 우리 도시에도 피난처를 찾는 고양이들이 나타났다. 괴물에게 쫓기고 있다고 했다. 도대체 어떤 괴물? 그건 단지 소문이었다. 실제로는 전쟁, 정확하게 말하면 내전 때문이었다. 엠마 할머니가 말하지 않았는가.

처음에는 어쩌다가 한 마리씩 보였다. 드문드문 눈에 띄었기 때문에 아무도 신경 쓰지 않았다. 그러다가 점점 숫자가 늘었다. 낮선 고양이들의 출현은 열띤 논쟁과 싸움을 불러왔다.

우리 중 상당수가 불안감을 느꼈고 이렇게 말했다.

"그들이 제일 살찐 생쥐들을 먹어치울 거야. 그러다 보면 우리가 굶게 될 날도 머지않겠지. 여기 머물게 그냥 둘 수는 없어. 어디로든 멀리 가 버리면 좋겠어."

"왜 여기서 얼쩡거리는지 모르겠어. 이 도시는 우리 것인데!"

식료품 가게 옆집에 사는 미키가 외쳤다. 무슨 까닭에서인지 미키는 새로 온 고양이들을 특히 싫어했다. 미키는 입만 열면 허풍을 떨고 도시 전체가 어쩌고저쩌고 말이 많지만, 실제로는 주택단지 끝의 학교 바깥쪽으로는 한 발자국도 나가 본 적이 없었다. 그뿐인가. 반대편 방향으로도 기껏해야 빵집 건물까지만 가 보았을 뿐이다.

"그 고양이들 입장에서 한 번 생각해 봐!"

사려 깊은 내 가짜 언니 플레키가 반박했다.

"네가 고향을 잃고, 안전하게 머물 곳도 잃고 목숨마저 위태롭다면 분명 누군가가 도와주기를 바랄 거야."

"도망쳐야만 했던 게 그 고양이들 잘못은 아니잖아."

여느 때는 남의 말을 조용히 듣기만 했던 꼬마 릴리가 플레키 편을 들었다. 나는 릴리가 용감하게 나서서 큰 소리로 의견을 밝히는 데 놀랐다. 브루노도 놀라긴 했지만 지지한다는 듯 앞발을 들어 릴리의 등에 갖다 댔다. 릴리는 당혹스러운 표정으로 고개를 숙였다.

"피난 온 고양이들이 우리한테서 생쥐만 빼앗아 먹진 않을 거야. 애교를 부려서 사람들 관심도 빼앗아 갈걸."

핍스가 말했다. 핍스는 동물보호소에서 피난 온 고양이 한 마리가 순식간에 직원들 환심을 사서 특별 간식을 끊임없이 얻어먹었다고 주장했다.

뼈대가 굵고 털이 더러운 회색 길고양이가 입을 열었다. 이름이 뭔지는 몰랐는데 모두들 '회색수염'이라고 불렀다.

"새로 온 고양이들을 다 쫓아내야 해. 안 그러면 걔네가 좌지우지하고 우린 결정권이 없어질 거야."

"맞아, 다 쫓아내야 해."

고양이들 몇몇이 회색수염의 의견에 동조했다. 회색수염은 그 반응을 즐기는 듯 우쭐한 표정으로 주위를 둘러보았다.

브루노가 나섰다.

"첫째, 그들도 우리와 같은 고양이들이야. 그러니 우리처럼 고양이로 살아갈 권리가 있어. 둘째로 이 도시에는 쥐가 충분히 있고 고양이를 좋아하는 사람들도 많아. 우리가 다 함께 먹고사는 게 크게 어렵진 않을 거야. 전쟁이 끝나면 대부분이 고향으로 돌아갈 테니까 그때까지라도 친절하게 대해 주면 좋겠어."

"너야 그런 말을 쉽게 할 수 있겠지."

나무딸기가 쏘아붙였다.

"너는 돌봐주는 사람이 있잖아. 만일 혼자 힘으로 날마다 먹을 걸 구해야 하는 상황이라면 어떨지 궁금하네. 너는 우리 대화에

낄 자격이 없어. 네 처지가 얼마나 좋은지, 특별 간식을 얼마나 많이 먹는지 소문이 다 났으니까."

"나무딸기 말이 옳아."

핍스가 브루노를 보며 말했다.

"넌 입 다물고 있는 게 좋겠어. 좋은 집에서 살잖아. 하지만 나는? 새로 온 고양이 중에 하나가 주인 마음에 쏙 들게 행동해서, 나를 안 데려가고 동물보호소에 그냥 두면 어떡하라고?"

"그래, 어떡하라고?"

검은색 고양이가 핍스의 말을 받아 소리쳤다. 나는 속으로 '핍스는 자기가 멍청하게 굴어서 동물보호소로 끌려가는걸. 집 밖으로 나갈 때마다 어디로 가는지 주의 깊게 살피고 돌아가는 길을 기억하면 될 텐데.'라고 생각했다.

"그 고양이들이 가엾지도 않니?"

이번에는 소냐가 입을 열었다. 소냐는 주택단지에 사는 고양이였다. 본디 친절한 성격이었는데 자동차 사고를 당한 뒤로 더 친절하고 부드러워졌다고 한다.

"우리 중 누구도 쥐 한두 마리를 양보한다고 해서 굶어 죽을 리는 없잖아."

"아, 그래? 우리가 왜 양보해야 하는데?"

회색수염이 대꾸했다.

"우린 여기서 태어났으니 이 도시는 우리 것이야. 여기 있는 쥐들도 우리 것이고. 걔네는 다른 곳으로 가면 되지."

"거기서도 개네를 환영하지 않을걸."

곡예사라는 별명을 가진 미치였다. 나는 미치가 어느 편에 서기로 결정했는지 아리송했다.

갑자기 여기저기서 동시에 말이 쏟아져 나왔다. 새로 온 고양이들을 편드는 쪽과 내쫓아야 한다고 주장하는 쪽이 마구 떠들었다. 푸우 하는 소리, 씩씩거리는 소리, 쉿 소리, 날카로운 외침 소리, 캬악 소리가 들리고 투덜대는 소리와 한탄하는 소리도 들렸다. 온갖 소리가 뒤섞여 어찌나 시끄러운지 자기 말조차 못 알아들을 정도였다.

"가자!"

브루노가 플레키와 나에게 말했다.

"저렇게 흥분한 상태에서는 여기 있어 봤자 소용없어. 차라리 생쥐나 몇 마리 잡으러 가는 게 낫겠다."

우리는 그 자리를 떠났다. 가다가 뒤를 돌아보니 꼬마 릴리가 따라오고 있었다.

햇살이 따사로운 날이었다. 빵집 건물 옆 들판에서 쥐 사냥을 하기에 딱 좋은 날씨였다. 추수가 끝난 들판은 쥐들이 많아 우리가 특히 좋아하는 장소였다. 곡식을 다 베고 난 뒤라 쥐구멍을 찾는 건 식은 죽 먹기였다. 그리고 신기하게도 쥐들의 숫자는 결코 줄어들지 않았다.

쥐들은 곡식이 자라는 들판을 좋아한다. 고양이라면 누구나 아는 사실이다. 하지만 고양이들이 그 사실을 안다는 걸 쥐들도 눈치 챘는지는 모르겠다. 어쩌면 너무 늦어 버렸을 때, 소위 말하는 마지막 순간에야 비로소 알아차리는지도 모른다. 쥐들이 그다지 영리하지 못한 건 참 다행이다. 쥐들은 곡식 몇 알만 보이면 오로지 먹는 데와 새끼 낳는 데에만 정신이 팔려 혹시 닥칠지도 모를 위험은 전혀 생각하지 못한다. 우리 고양이에게는 얼마나 손쉬운 먹잇감인가!

주택단지 끝자락에 있는 집들 뒤편 길가에 처음 보는 고양이 둘이 앉아 있었다. 까만색 암고양이와 까만색과 하얀색 털이 섞인 젊은 수고양이였다. 우리가 가까이 다가가자 낯선 고양이들은 움찔하더니 비굴한 태도로 고개를 숙이긴 했지만 도망가지는 않았다.

브루노가 그 자리에 멈추어 섰다.

"안녕. 너희 혹시 배고프니?"

둘 다 고개를 힘차게 끄덕였다. 배가 많이 고프다는 뜻이었다.

"그럼 우리랑 같이 가자."

브루노가 제안했다.

"쥐들이 많은 들판을 알거든."

그 고양이들은 우리 옆에서 아무 말 없이 무거운 발걸음을 옮겼다. 우리의 태도를 어떻게 받아들여야 할지 고민인 모양이었다.

"전쟁이 난 거니?"

나는 조심스럽게 물었다.

"너희 살던 곳에서 말이야."

"전쟁 비슷한 거야."

까만색 고양이가 대답했다.

"사람들이 내전이라고 부르더라. 한 나라 안에서 일어난 전쟁이래. 하지만 나중에는 다른 나라들도 끼어들었어. 결국 누가 누구랑 싸우는지도 모르게 되었지. 모든 상황이 점점 더 나빠졌어. 언제 목숨을 잃을지 한치 앞을 모를 지경이었어. 사람들이 집과 마을을 파괴하려고 폭탄을 던지는데 우리 고양이라고 피해 가진 않으니까."

'그렇게 심각한 상황이라면 우리가 가진 무언가를 그들에게 내주어야 해.' 라는 생각이 들었다. 엠마 할머니는 분명 우리가 그렇게 하기를 원할 거다. 할머니가 나더러 기억하라고 한 말이 뭐였더라? 맞다, 연대라는 말이었다.

가까이에서 보니 그 고양이들은 우리랑 생김새가 좀 달랐다. 물론 우리와 마찬가지로 그 고양이들도 앞발 두 개와 뒷발 두 개, 꼬리가 있었고 우리 가운데도 까만색 얼룩 고양이가 있긴 했다. 하지만 그들은 얼굴이 갸름한 편이고 코와 입 부근이 약간 튀어나왔다. 게다가 다리도 꽤 길었다. 어쩌면 너무 야위어서 그렇게 보였는지도 모르겠다.

"너희는 이름이 뭐야?"

브루노가 물었다.

"내 이름은 아누쉬야."

까만색 고양이가 대답했다. 그리고 수고양이를 가리키더니 덧붙였다.

"저기 쟤는 미르코라고 해."

이름도 낯설었다.

나는 아직 나이가 별로 많지 않아 보이는 수고양이 미르코한테 서 시선을 뗄 수 없었다. 미르코는 털이 꽤 길었는데 얼굴이 눈에 띄게 아름답고 하얀색이었다. 눈동자는 밝은 초록색이었으며 이 마에서 시작된 까만색 얼룩이 우아한 곡선을 그리며 아래로 내려 갈수록 좁아지다가 까만색 콧등 바로 위에서 점 모양으로 끝났다. 자세히 보면 몸 전체의 색깔 배합이 놀라울 정도로 대칭을 이루고 있었다. 까만색 등이 까만색 꼬리로 이어지고 꼬리 끝부분만 하얀 색이고, 양 옆구리 털도 하얀색인데 양쪽에 똑같이 까만색 무늬가 있었다. 그 무늬는 약간 뾰족뾰족해서 흡사 별 모양처럼 보였다. 엠마 할머니가 보았더라면 멋진 의상이라고 했을 것 같다. 앞발과 뒷발 모두 하얀색이었고 위쪽에 까만색 띠를 빙 두르고 있었다. 정 말 아름다워서 나는 미르코를 계속 쳐다보았다. 브루노가 코로 내 옆구리를 쿡 찔렀을 때에야 비로소 시선을 거둘 수 있었다.

"다 왔어."

추수가 끝난 들판에 이르자 브루노가 말했다.

"이 들판에서 분명 생쥐 한두 마리는 잡을 수 있을 거야."

브루노, 플레키와 나 그리고 우리 일행에 합류한 꼬마 릴리까지 포함해서 우리 넷은 뿔뿔이 흩어져 들판에 가득한 쥐구멍을 찾기 시작했다. 아누쉬와 미르코가 머뭇거리며 우리를 따라 했다. 그들 은 여전히 자신감이 없고 불안한 태도였다.

나는 쥐구멍 하나를 고른 다음 그 앞에 웅크리고 앉아 주위를 한 번 더 둘러보았다. 아누쉬와 미르코도 쥐구멍 앞에 웅크리고 앉아 있는 것이 보였다. 우리와 똑같은 자세였다. 뒤에서 보면 아래로 내린 꼬리와 등만으로는 우리와 전혀 구별이 되지 않았다.

　그들은 우리와 마찬가지로 고양이였다.

25

쥐 사냥이 끝난 후 우리는 배부르고 만족한 상태로 함께 모여 앉아 얼굴을 닦았다. 우리 고양이들은 식사가 끝나면 보통 그렇게 한다. 앞발을 혀로 축여서 얼굴을 문지른 다음, 다시 앞발을 혀로 축여 얼굴을 문지른다. 이 동작을 얼굴이 깨끗해질 때까지 몇 번이고 반복한다. 엠마 할머니는 이걸 '고양이 세수'라고 불렀다. 우리는 이왕 시작한 김에 여기저기 다른 곳도 닦고 반들반들해질 때까지 온몸을 핥았다. 나는 아누쉬와 미르코가 어떻게 하는지 보려고 자꾸만 곁눈질을 했다. 그들도 우리처럼 앞발을 핥고 우리처럼 온몸을 핥았다. 그들이 하는 모든 동작, 그 동작을 하는 방식은 우리와 전혀 다르지 않았다.

나는 신기하다는 생각이 들어 브루노에게 물었다.

"이 세상에 있는 고양이들은 원래 다 똑같은 거야?"

"다 같지."

브루노가 대답하더니 우리에게 물었다.

"거기엔 까닭이 있어. 내가 그 이야기를 해 줄까?"

나는 고개를 끄덕였다.

"그래."

"그래, 어서 해 줘."

릴리가 애교를 부리며 졸랐다.

"네가 해 주는 이야기는 근사해."

플레키도 한마디 거들었다.

아누쉬와 미르코까지 몸을 똑바로 세웠지만 말을 하지는 않았다. 그저 조용히 앉아 있을 뿐이었다. 까딱거리는 꼬리만이 호기심을 드러내고 있었다. 브루노는 긴 이야기를 시작하기 전이면 늘 그랬듯이 이마를 쓸고 나서 어깨를 쭉 폈다. 큰 체구를 똑바로 한 채앉아 있는 모습은 깊은 인상을 남겼다. 잠시 후 브루노는 슬며시눈을 내리깔았다. 곰곰이 생각에 잠겼다는 표시였다.

릴리가 몸을 둥글게 말고 브루노의 발치에 누웠다. 플레키는 못마땅한 듯 고개를 절레절레 흔들었지만 아무 말도 없이 브루노와 릴리 사이로 가 몸을 폈다. 그러더니 은근슬쩍 릴리를 옆으로 밀었다. 아누쉬와 미르코만 어느 정도 거리를 둔 채 떨어져 앉아 있었다.

나는 브루노 건너편, 내가 원래 앉았던 자리에 그대로 있었다. 브루노가 눈을 뜨고 나를 쳐다보았다. 수염을 바르르 떨고 있었다. 나는 등줄기가 오싹 했다.

잠시 후 브루노가 이야기를 시작했다.

"예전에는 고양이들이 온 세상에 살았던 건 아니야. 멀리 떨어진 어느 나라에만 있었어. 그 나라는 날씨가 따뜻하고 땅이 비옥해서 쥐들이 많이 살았어. 거기서 고양이들은 가장 고귀한 동물로 대접받았지. 사람들이 고양이를 신처럼 떠받들어서 남부러울 것 없는 삶을 누렸어. 아무것도 겁낼 것이 없고 아무것도 걱정할 필요가 없었어. 대부분의 시간을 낮잠으로 소일하고, 깨어 있을 땐 재미로 쥐를 몇 마리 잡는 게 고작이었지. 사람들이 바치는 제물로 먹을 건 충분했으니까.

그런데 하루아침에 재앙이 닥쳤어. 사람들의 삶을 송두리째 무너뜨릴 아주 큰 재앙이었어. 밤새 메뚜기 떼가 온 나라를 덮친 거지. 여러 세대를 거치는 동안 고양이들에게 행복한 삶의 터전이었던 나라에 메뚜기 떼가 출현했어. 수백, 수천 마리가 아니라 수십만, 수백만 마리였어. 아무도 메뚜기들이 어디서 왔는지 몰랐지. 갑자기 나타난 거야.

메뚜기들은 아무리 먹어도 만족하지 않았어. 초록색이라면 닥치는 대로 먹어 치웠지. 나뭇잎도 먹고, 풀도 먹고 꽃도 먹었어. 텃밭의 채소도 먹고 과일도 익었든 설익었든 닥치는 대로 먹었지. 들판에 있는 곡식도 마찬가지였어. 옥수수와 밀, 보리와 귀리를 가리지 않고 몽땅 집어삼켰지. 땅에서 솟아나는 새싹도 예외는 아니었어. 초록색은 모두 먹어버렸기 때문에 땅에는 풀 한 포기 자라지 않는 갈색 흙과 돌만 남았지.

곧 나라 안의 모두가 굶주림으로 허덕이게 되었어. 사람들과 동물들 모두가 말이야. 고양이들은 잠깐 동안은 쥐를 잡아먹으며 버텼지만 그것도 얼마 지나지 않아 끝이었지. 한꺼번에 수많은 쥐들이 죽기 시작했어. 하나씩 굶주림으로 죽어나가 이윽고 나라 전체에 한 마리도 남지 않았지. 굶주림은 이제 고양이들을 습격했어. 먹잇감이 사라졌으니 피할 수 없는 사태였지. 더군다나 사람들이 제물을 갖다 바치는 일도 그만뒀어. 사람들 먹을 것도 부족했거든. 사람들에게 식량을 제공했던 닭과 염소, 양과 소, 토끼와 노루 그리고 사람들이 사냥하던 많은 동물들이 굶주림에 희생됐지. 거위나 꿩, 비둘기처럼 잡아먹을 수 있는 새들도 진즉 다른 데로 날아가 버렸고.

고양이들은 모여서 의논한 끝에 살아남으려면 그 나라를 떠나야 한다는 결론을 내렸어. 목숨을 위협하는 굶주림에서 벗어나 새로운 고향을 찾을 생각이었지. 그들은 장차 태어날 고양이들이 좀 더 나은 삶을 누려야 한다고 말했어.

그들은 모두 같은 방향으로 가지 않고, 넷으로 나누어 동서남북으로 흩어지기로 했지. 가다가 도착한 장소에서 사람들이 반기고 먹을 것이 있으면 거기에 자리를 잡았어. 후손들도 태어났고.

그래서 이 세상 곳곳에 고양이가 있게 된 거야. 모두가 메뚜기 떼 재앙이 닥쳤던 바로 그 먼 나라의 고양이 후손이라서 고양이들은 다 같아."

브루노가 말을 마쳤다.

"참 아름다운 이야기네."

플레키가 한숨을 쉬더니 브루노에게 물었다.

"하지만 정말로 그런 일이 있었을까?"

브루노는 앞발을 들어 얼굴을 한 차례 쓸고 나서 대답했다.

"무슨 상관이야. 어쨌거나 정말 그랬을지도 모르지."

브루노가 나를 쳐다보고 고개를 끄덕였다.

"내 생각에 그 이야기는 정말인 것 같아."

아누쉬가 말했다.

"우리도 그 이야기를 들었거든. 우리 할머니와 할아버지가 그 이야기를 해 주면서 고향을 떠나야 한다고 그랬어. '여기선 더 이상 살 수 없단다. 어딜 가든 여기서 죽는 것보다야 낫겠지.' 하고 말했어."

아누쉬는 고개를 숙였다. 잠시 후 고개를 들었을 때 아누쉬의 눈에 눈물이 어린 것처럼 보였다. 하지만 아마도 착각이었을 거다. 우리 고양이는 울 수가 없으니까.

"그렇게 말한 할머니 할아버지는 길을 떠난 지 얼마 안 되어 죽고 말았어. 피난길이 너무 힘들어 견디질 못한 거야."

미르코가 고개를 들었다. 우리는 미르코가 말하는 걸 처음으로 들었다.

"새로운 삶을 찾아 떠난 길에서 얼마나 많이 죽었는지 몰라. 그렇게 겨우 이곳에 왔는데 여기서도 환영받지 못하는걸."

나는 '어머나, 목소리도 참 좋구나! 라디오로 오페라를 즐겨 듣던 엠마 할머니가 여기 있었다면 멋진 테너라고 감탄할 텐데.' 하고 생각했다.

브루노가 말을 꺼냈다.

"조금만 기다려 봐, 시간이 지나면 다들 익숙해질 테니까. 원래 그래. 변화가 생기면 다들 불안하고 겁이 나거든. 겁이 많거나 재주가 별로 없거나 어리석은 고양이들이 특히 많이 두려워하는 법이야. 그 두려움 때문에 공격적이 되고 나쁜 짓도 하지. 하지만 언젠가는 원래 여기 살던 고양이나 새로 온 고양이나 다 같은 고양이들이라는 걸 인정하게 될 거야. 너희를 좋아하긴 아마도 힘들겠지만 받아들이기는 할 거야. 그리고 여기엔 모두가 먹을 만큼 쥐가 충분하다는 걸 알게 될 거고. 여기서는 아무도 굶어 죽을 걱정은 없어."

"정말 그렇게 생각해?"

아누쉬가 희망을 품고 물었다.

"물론이지."

브루노가 확고한 어조로 대답했다.

"내 생각은 그래. 다만 시간은 좀 걸릴 거야. 그때까지 잘 버티기만 하면 돼. 우리들 가운데 벌써 꽤 여럿이 너희를 환영하는걸."

"네 말이 맞았으면 좋겠어."

아누쉬가 말했다. 미르코는 동감이라는 듯 고개를 끄덕였다. 그러더니 조금 있다가 이렇게 물었다.

"우리를 공격하면 어떻게 하지?"

브루노는 잠시 생각하더니 대답했다.

"그럴 것 같지는 않아. 혹시라도 감히 그런다면 우리가 도와줄게."

플레키와 나는 찬성의 표시로 고개를 끄덕였다. 꼬마 릴리도 고개를 끄덕였는데 생각해 보면 사실 좀 우스운 일이었다. 릴리처럼 작은 고양이가 대체 누굴 도울 수 있단 말인가?

침묵이 우리를 에워쌌다. 모두 생각에 잠겨 있었다.

나는 생각했다. 모든 생명체가 서로 다르면서도 또 같다는 게 정말 신기하다. 다정하고 사랑스러운 고양이가 있는가 하면 사납고 심지어는 성미가 고약한 고양이도 있다. 개도 마찬가지고. 공격적이고 물기 좋아하는 개도 많지만 온순하고 장난을 좋아하는 개도 있다. 어디서든 고양이를 보기만 하면 뒤쫓는 개들도 있다. 그런 개를 만나면 잽싸게 나무 위로 올라가거나 울타리 뒤에 숨어야 한다. 나는 다양한 생명체들 사이에 좋은 성격과 나쁜 성격이 골고루 섞여 있다는 걸 알았다. 심지어는 사람들도 마찬가지다. 좋은 사람이 있는가 하면 나쁜 사람이 있고 사랑스러운 사람이 있는가 하면 꼴 보기 싫은 사람도 있다. 고양이를 좋아하는 사람도 있고 고양이를 싫어하는 사람도 있다. 멀리 갈 것도 없이 엠마 할머니와 제들마이어 부인을 비교해 봐도 금방 알 수 있다.

그런데 무언가 내가 확실하게 알 수 없는 게 있었다. 그것은 지금까지도 여전히 해결하지 못한 의문으로 남아 있다. 성격은 스스로 결정하는 걸까? "나는 좋은 성격을 갖고 싶어." 하고 자기 의지로 선택하는 걸까, 아니면 성격이 나쁜 건 그렇게 태어났기 때문에 어쩔 수 없는 걸까? 만약 그렇다면 성격이 나쁘더라도 이해하고 감싸주어야 한다. 그래야만 원한다면 더 나은 삶이 가능하다는 걸 몸으로 직접 경험하게 될 테니까. 사실 남들이 자기를 무서워하는 것보다야 사랑하는 것이 훨씬 더 기분 좋지 않은가!

나는 우리의 철학자 브루노에게 이 질문을 던지려고 했지만 입을 열기도 전에 브루노가 벌떡 일어서더니 집에 가야겠다고 했다.

나는 실망해서 브루노가 떠나는 모습을 바라보았다. 내 곁에 남아 있기를 바랐는데.

플레키가 내 옆으로 다가왔다.

"걱정 마, 귀염둥이. 다 잘될 거야."

플레키는 위로하는 음성으로 조용히 말했다.

나는 속으로 '느닷없이 왜 이렇게 불길한 느낌이 들지?' 하고 생각했다.

26

살면서 원하지 않았던
변화가
종종 좋은 일이
되기도 한다.

그날 이후 우리가 길거리를 돌아다닐 때면 항상 아누쉬가 어디선가 슬그머니 나타나 함께 다녔다. 우리는 꼬마 릴리가 일행이 되었을 때 그랬듯이 아누쉬한테도 익숙해졌다. 아누쉬는 겉으로는 사나워 보였지만 상냥한 성품이었고 평화를 사랑했기에 우리와 잘 맞았다. 얼마 지나지 않아 우리는 아누쉬가 같이 다니는 걸 정말로 좋아하게 되었다. 아누쉬는 빵집 건물 안에서 빵 굽는 곳을 잠자리로 골랐다. 그곳에는 창문이 있었지만 창틀이 낡아 헐거워지면서 유리창이 떨어져 깨지는 바람에 뻥 뚫려 있었다. 그래서 아누쉬는 아무 때나 편하게 들락날락할 수 있었다.

나한테는 나쁘지 않은 일이었다. 더 이상 혼자 있지 않아도 됐기 때문이다. 저녁에 수다를 좀 떨고 싶으면 잠깐 아누쉬한테 들렀다. 나는 아누쉬에게 엠마 할머니 얘기를 해 주었다. 카산드라 언니 얘기도 했다. 아누쉬는 자기 고향 얘기를 해 주었다. 거기서는 고양이들이 대부분 길거리에서 산다고 했다. 아누쉬는 이렇게 말했다.

"그럭저럭 살 만했어. 고향은 여기보다 따뜻하거든. 먹을 것이 넉넉할 때면 길거리 상인들이 우리한테 늘 먹을 걸 던져 주었어. 하지만 지난 몇 달 동안 형편이 아주 나빠졌지."

아누쉬는 생선요리 전문 식당의 뒷마당에서 살았는데 도시가 폭탄 세례를 받기 전까지는 사람들이 먹다 남긴 음식이 충분했다고 말했다.

나는 아누쉬가 나와 함께 지내는 것이 좋았다. 아무 때나 마음만 먹으면 바로 볼 수가 있다는 것도 좋았다. 뜻밖에도 나는 아누쉬가 처음 빵집을 잠자리로 택했을 때 생각했던 것보다 더 자주 아누쉬를 보러 갔다. 미르코도 자주 볼 수 있었다면 좋았겠지만 그런 일은 거의 없었다.

우리가, 그러니까 브루노와 플레키 그리고 아누쉬와 내가 함께 쥐 사냥을 한 어느 날이었다. 우리는 배부르고 만족한 기분으로 공원을 돌아다녔다. 딱히 무슨 계획은 없었고 그냥 어슬렁거리고 있었다. 햇볕이 따사롭게 내리쬐고 특별히 할 일도 없었기 때문이다. 어쩌다 보니 공원 정문 쪽에 이르렀다. 평소에는 우리가 거의 찾지 않는 곳이었다. 카페가 많고 산책하는 사람들이 너무 많아서였다. 게다가 개를 산책시키는 사람들도 종종 눈에 띄었다. 우리가 주로 가는 장소는 공원 후문 쪽이었다. 쥐구멍이 많이 있는 들판이 주택단지에서 더 가까웠고, 단지 끝에 있는 학교와 후문이 바로 붙어 있었기 때문이다.

정문의 분수에 이르자 아누쉬가 갑자기 우뚝 섰다. 분수 앞에는 돌로 된 피리 부는 사나이 동상이 서 있었다. 머리에는 삼각 모자를 쓰고 윗부분이 접힌 장화를 신고 있었다.

"피리 부는 사나이 이야기를 하나 알고 있어."

아누쉬가 말을 꺼냈다.

"오래된 이야기야. 내가 어렸을 때 엄마가 들려줬어."

앞쪽에서 걸어가던 플레키가 걸음을 멈추더니 뒤로 돌아 아누쉬를 쳐다보고 말했다.

"우리한테 얘기해 줘!"

플레키는 이야기라면 사족을 못 썼다. 하긴 나도 마찬가지다. 엠마 할머니 이야기를 들으며 자랐으니 당연하다.

아누쉬는 부끄러운 듯 고개를 숙였다.

"하지만 정말로 그런 일이 있었는지는 모르는걸."

"괜찮아."

브루노가 끼어들었다.

"이야기라는 건 정말인지 아닌지는 상관없어. 좋은 이야기이거나 그렇지 않거나, 둘 중 하나지."

브루노는 조금 더러워진 앞발을 핥아 깨끗이 하고는 어설픈 동작으로 분수대 가장자리로 뛰어올라 햇볕에 달구어진 돌 위에 드러누웠다. 굽은 뒷다리가 공중으로 약간 떠 있었다.

"그런데 미르코가 왜 요즘 통 보이질 않지?"

브루노가 물었다.

"미치 뒤를 쫓아다니고 있어. 별명이 곡예사인 예쁜 삼색 고양이 말이야."

아누쉬가 못마땅한 표정으로 대답했다.

"머릿속이 온통 미치 생각뿐이야. 만날 때마다 미치가 얼마나 아름다운지, 미치의 동작이 얼마나 우아한지 정신없이 떠들어대."

"별일 없어야 할 텐데."

브루노는 걱정스러운 얼굴이었다.

"미치를 좋아하는 수고양이들이 아주 많거든. 미치한테 함부로 접근했다가는 큰일 날 거야."

"하지만 미르코는 젊고 잘생겼잖아."

아누쉬는 몸을 일으켜 분수대 가장자리로 뛰어오르더니 피리 부는 사나이의 장화 사이에 앉았다. 플레키와 나도 가만히 있을 수는 없었다. 우리도 브루노와 아누쉬를 따라 분수대 가장자리로 뛰어올랐다. 플레키는 몸을 둥글게 만 채 아누쉬를 볼 수 있는 위치에 앉았고 나는 브루노 옆에 앉았다. 기분이 좋아 가르릉 소리가 저절로 나왔다. 따뜻한 돌 위에 햇살을 받으며 앉아 있는 건 정말 기분이 좋았다. 돌은 아주 작은 모래로 이루어진 사암이었는데 분홍색과 회색이 섞여 있었다. 엠마 할머니가 가장 좋아하던 스웨터와 비슷한 색깔이었다.

"아누쉬, 이제 이야기를 시작해!"

플레키가 재촉하고는 배에 햇볕이 닿게 벌렁 드러누웠다. 플레키가 누운 곳 근처에 누군가 먹다 버린 사과가 놓여 있었다. 갈색으로 변해 버린 속살 위를 말벌 몇 마리가 기어 다니고 있었다. 배가 부르고 만족스러운 기분이 들었다.

"알았어."

아누쉬는 동상의 장화 사이에 앉아 꼼짝도 하지 않았다. 까만색이라 마치 아누쉬도 동상의 일부처럼 보였다.

"들어 봐!"

아누쉬의 이야기가 시작되었다.

"이 이야기는 어떤 가난한 나라에서 시작돼. 그 나라는 몇 년째 여름에 비가 오지 않고 뜨거웠지. 큰 가뭄이 든 거야. 흉작이 계속되고 모두 굶주림에 시달렸지."

아누쉬는 말을 멈추더니 주변을 빙 둘러보고는 다시 말을 이었다.

"이 세상 모든 곳이 여기처럼 먹을 게 풍족하지는 않아."

아누쉬는 자기 말을 강조라도 하듯 오른쪽 앞발을 들어 둥글게 원을 그렸다.

그 가난한 나라에는 몇 년 동안 비가 거의 내리지 않고 구름 한 점 없는 하늘에서 해가 쨍쨍 내리쬐기만 했어. 들판이 말라가고 밀과 보리 같은 곡물의 어린 싹은 가시투성이 덤불에 밀려나고 말았지. 그런 상황에서 쥐들이 오래지 않아 사라지고 고양이들이 굶주리는 건 당연했어. 그들은 종종 주린 배를 움켜쥔 채 잠에서 깨어났다가 꿈속에서라도 먹을 걸 보려고 주린 배를 움켜쥔 채 다시 잠들었지.

그러던 어느 날 삼각 모자를 쓴 피리 부는 사나이가 나타났어. 사나이는 아무 말도 하지 않았어. 누가 질문을 해도 대꾸하는 법이 없었고. 그저 시골과 도시를 돌아다니며 세상에서 가장 아름다운 멜로디를 연주했어. 아름다운 피리 소리에 홀린 아이들이 춤을 추기 시작했지. 아무도 사나이가 어디서 왔는지 몰랐어. 어느 날 갑자기 나타난 거야. 놀라운 사건들은 원래 그렇게 일어나잖아. 너무나 천천히 일어나서 알아채는 데 오래 걸리거나 아니면 어찌 된 영문인지 모르지만 갑자기 일어나거나. 머리가 좀 이상한 고양이들 몇몇이 피리 부는 사나이가 '하늘에서 뚝 떨어졌다'고 말했지. 그런 고양이들은 요즘도 있어. 뭔가 이해할 수 없는 일이 생기면 초감각적인 현상이라고 생각하는 이상한 고양이들 말이야. 그 고양이들은 피리 부는 사나이가 입은 조끼 아래 양 어깨에서 날개가 접힌 표시를 보았다고 주장했어.

사람들은 피리 부는 사나이에게 전혀 관심이 없었어. '사기꾼이야.' 하고 비난했지. '게으름뱅이지. 피리 부는 걸로는 땡전 한 푼

못 벌걸.' 사람들은 피리 부는 사나이를 먹여 살릴 생각이 없었어. 어떻게든 쫓아내려고 갖은 애를 썼지. 피리 부는 사나이 때문에 아이들뿐만 아니라 많은 사람들이 춤이나 추고 놀면서 시간을 보내려고 할까 봐 걱정이 되었던 거야. 자신들은 땀을 뻘뻘 흘리면서 가뭄으로 갈라진 땅을 일구느라 고생하는데 사나이는 오로지 피리만 분다고 불평을 했지. 그들이 보기에 피리 부는 사나이는 먹을 것만 축내는 존재였어. 사람들이 마주칠 때마다 '당신 같은 사람은 필요 없으니 여기서 사라져!' 하고 구박하는 바람에 피리 부는 사나이도 진절머리가 났지. 그래서 그곳을 떠나기로 했어. 하지만 혼자 가진 않았어.

어느 날 그는 들판을 거닐면서 피리를 불었어. 이제껏 아무도 들어 본 적이 없을 만큼 달콤하고 유혹적인 선율이었지. 피리 소리에 처음 반응을 보인 건 쥐들이었어. 청각이 아주 예민했거든. 쥐들은 구멍에서 나와 사나이를 따라가기 시작했지. 온 나라 안에서 쥐들이 떼 지어 쏟아져 나왔어. 엄청나게 많아서 고양이들이 감히 공격할 엄두도 내지 못했지. 하지만 쥐 없이 고양이가 무슨 재주로 살아가겠어? 그러니 고양이들도 쥐들을 뒤쫓아가는 수밖에 없었지. 그렇게 피리 부는 사나이와 쥐와 고양이들의 행진이 이어졌어. 머지않아 아이들도 그 뒤를 따르기 시작했지. 고양이들을 세상에서 제일 좋아했으니까. 이제 사나이 뒤에는 피리 소리에 홀린 쥐와 고양이, 아이들이 있었어. 아이들을 따라 엄마, 아빠, 할머니, 할아버지와 삼촌, 고모, 이모도 일행에 합류했지. 그렇게 모두 그 나라를 떠났어. 비록 먹을 것이 충분하지 않은 가난한 땅이었지만 오랜 세월 살아왔던 고향을 등진 거지. 모두 피리 부는 사나이를 따라간 거야.

그들은 숲과 들판을 지나고 언덕과 산을 넘었어. 늪을 지나고 바위투성이 고개도 넘었지. 밤에는 땅바닥에서 자고 낮에는 계속해서 나아갔어. 마침내 넓고 비옥한 골짜기에 이르러서야 비로소 진정한 휴식을 취했어. 골짜기에는 사람도 살지 않고 고양이도 없었어. 쥐들만 넘치도록 많았지. 덕분에 고양이들은 잘 지냈어. 고양이들이 잘 지내니 아이들도 잘 지냈고. 아이들이 잘 지내니 엄마, 아빠, 할머니, 할아버지와 삼촌, 고모, 이모도 다 잘 지냈어.

사람들은 그 골짜기에 머물기로 했어. 나뭇가지와 줄기를 엮어 오두막을 짓고 남자들은 토끼를 사냥했지. 여자들은 딸기와 버섯을 따고 너도밤나무 열매를 줍고 먹을 수 있는 뿌리를 캤어. 버드나무 줄기를 베어 바구니를 짠 후 이웃 골짜기 장터로 가져가 팔았지. 그 돈으로 돼지와 염소, 닭을 샀어. 나중에는 집 짓는 데 필요한 연장과 텃밭을 가꾸는 데 쓸 삽도 샀고. 마지막으로는 농사를 지으려고 씨앗과 쟁기를 구입했지. 또 돼지우리와 염소우리, 닭장을 만들고 울타리를 쳤어. 돼지는 고기를, 염소는 젖을 공급하고 닭들은 알을 낳았지. 돼지고기, 염소젖으로 만든 치즈와 달걀을 팔아 벌어들인 돈으로 아이들이 다닐 학교도 세웠어.

해를 거듭할수록 형편은 점점 더 나아졌지. 돼지와 염소, 닭에 이어 양과 소, 말도 키웠어. 아이들은 자라서 어른이 되었고 이웃 골짜기에서 배우자를 맞아들였지. 이제 그들은 그곳에서 더 이상 낯선 사람들이 아니었어. 고양이들도 이웃 골짜기 고양이들과 어울리면서 낯선 고양이 신세를 벗어났고.

다만 한 가지 이상한 일이 있었어. 피리 부는 사나이가 하루아침에 보이지 않게 된 거야. 아무것도 없던 곳에서 갑자기 나타났듯이 아무것도 없는 곳으로 갑자기 사라져 버렸지. 정신이 좀 이상한 고양이들만 그가 조끼를 벗고 커다란 양 날개를 펼친 후 날아갔다고 우겨 댔어. 솟아오르는 해를 향해 동쪽으로 날아갔다는 거야.

사람들은 오랫동안 피리 부는 사나이 이야기를 했어. 그 사람 덕택에 이렇게 좋은 곳에 정착할 수 있어 참으로 감사했지. 그리고 그를 처음에 불친절하게 대했던 것이 무척 미안했어. 그런데 사나이에게 사과할 수도 없고 감사인사를 직접 할 수도 없으니 동상으로라도 마음을 표현하려고 한 거야. 그래서 돌로 피리 부는 사나이 동상을 세웠지.

이야기를 끝낸 아누쉬는 잠깐 침묵하다가 다시 입을 열었다.

"이 이야기는 우리 엄마가 해 주었어. 내 친구들도 자기 엄마한테서 들었고. 우리는 항상 이야기에 나오는 동상이 어디에 있는지 알아내려고 했지만 찾지 못했는데."

아누쉬는 고개를 들어 피리 부는 사나이 동상을 찬찬히 살펴보았다. 그리고 잠시 후 덧붙였다.

"이야기에 나오는 동상은 아마 이렇게 생겼을 거야."

"아누쉬, 잘 들었어."

브루노가 조용히 말하더니 앞발을 들어 눈가를 훔쳤다.

"고마워. 정말 감동적인 이야기였어."

플레키는 그새 잠이 들어 있었다.

27

가을은 울긋불긋 단풍의 계절,
참으로 아름답다네.
하지만 아름다움은
결국 사라지고 만다네.

가을이 되었다. 엠마 할머니가 작년 가을에 읊었던 시가 자꾸 생각났다. 사과나무에 사과가 주렁주렁 열리고 교회 앞 단풍나무 잎사귀들이 황금빛으로 물들었다. 목사관의 포도 덩굴은 가장자리가 붉게 변했다. 밤나무에서 삐죽삐죽한 초록색 밤송이들이 떨어져 벌어지더니 매끈거리는 갈색 밤들이 튀어나왔다. 여기저기 덤불에는 오렌지색부터 빨간색까지 잘 익은 딸기가 눈에 띄었다.

정원의 과꽃은 서서히 시들어 고개를 숙였다.

나는 '이런 것들이 다 눈에 들어오다니, 희한하네.' 하고 생각했다. 예전에는 계절의 변화를 거의 알아차리지 못했다. 엠마 할머니가 알려 주어야 비로소 깨달았다. 할머니는 봄에는 자작나무의 연두색 잎을, 5월에는 공원의 꽃밭을 가리켰다. 첫 번째로 핀 장미와 참제비고깔도 보여 주었다. 그런데 이제 할머니가 없으니 마치 할머니 대신, 거의 할머니와 같은 시선으로 모든 걸 봐야 할 것 같았다.

예전에는 그저 바로 눈앞에 있는 것들만 보았다. 정원의 꽃나무를 받치는 지주, 잔디밭, 공원 풀밭에 있는 여러 가지 풀, 도로의 포석 사이 갈라진 틈들, 빵집 건물로 향하는 길에 있는 자갈과 모래, 쥐구멍을 찾으러 간 들판에 자라는 곡식들. 이제 생각해 보니 그때는 한 번도 고개를 쳐들지 않고 눈높이에 있는 것들만 보았던 것 같다. 나머지는 그 자리에 있어도 눈에 들어오지 않았을 거다.

나는 브루노와 얘기를 나누고 싶었다. 가을이 되어 달라진 모든 걸 브루노도 알아챘는지 묻고 싶었다. 하지만 브루노는 또다시 자취를 감추었다. 하루에도 몇 차례씩 브루노가 사는 집 앞에서 그를 불렀지만 그는 나타나지 않았다. 아픈 건 아닌지 걱정이 되었다. 브루노가 종종 그랬듯이 덤불에서 갑자기 튀어나와 옆에서 나란히 걷기를 바랐다. 브루노 생각이 계속 머릿속을 맴돌았다. 브루노가 보고 싶었다. 더구나 최근 들어 플레키가 어쩐지 나를 피하는 느낌이 드니 브루노가 더욱 그리웠다.

아누쉬마저 없었더라면 무척 외로웠을 거다. 나는 자주 아누쉬와 함께 쥐 사냥에 나섰다. 도중에 플레키를 만나는 일도 종종 있었는데 그럴 때마다 제대로 한 마디를 건네기도 전에 핑계를 대고 다른 곳으로 가버렸다.

밤에 밀가루 포대 위에 누워 잠을 청할 때면 브루노 생각이 났다. 브루노가 혹시 며칠간 집을 비우는 이유를 나에게 말했는지 기억을 더듬어 보았다. 예를 들어 자기를 돌봐 주는 주인과 여행을 가게 되었다든지. 어쩌면 내가 중요한 말을 놓쳤을지도 모른다. 하지만 아무것도 떠오르지 않았다. "걱정 마. 다 잘 될 거야."라는 카산드라 언니의 말도 전혀 위로가 되지 않았다.

브루노와 함께 보낸 마지막 밤이 머리를 떠나지 않았다. 몇 주 동안이나 비가 내려 궂은 날씨에 때 이른 추위까지 겹쳐 쌀쌀했는데 그날은 날씨가 갑자기 확 바뀌었다. 비가 그치더니 6월의 저녁처럼 따뜻하고 온화한 기운이 풍겼다. 마치 여름이 다시 찾아와 작별선물로 따스한 저녁을 선물하는 듯 여겨졌다. 여름이 베푼 마지막 친절이 피부를 뚫고 몸 안으로 들어온 것 같았다. 온몸이 나른하고 무언가에 대한 그리움이 사무치는 느낌이었다.

브루노와 나는 고양이들 모임에서 만나기로 약속을 했었다. 나는 모임에 가기 전에 밀가루 포대 위에서 한숨 졸았다. 마당에서 들리는 떠들썩한 소리가 점점 커졌을 때 나는 헛간에서 마당으로 나갔다.

브루노가 빵 굽는 곳 벽 앞에 있는 돌 받침대 위에 앉아 있었다.

돌 받침대가 한때 무슨 용도로 쓰였는지는 아무도 몰랐다. 아마도 벤치나 식탁 대용이 아니었을까? 어쨌든 받침대는 고양이 둘이 앉기에 충분할 만큼 널찍했다. 나는 단숨에 받침대 위로 뛰어올라 브루노 옆에 앉았다.

그날 밤은 또다시 축제 분위기였다. 마침 내가 나갔을 때는 분위기가 한창 무르익은 참이었다.

"춤추고 싶지 않아?"

브루노가 나에게 다정하게 인사를 한 후 물었다.

나는 대답했다.

"아니. 오늘은 춤추고 싶은 마음이 안 들어. 그냥 네 옆에 있을 거야."

브루노는 고개를 숙여 내 목에 이마를 대고 비볐다.

우리와 별로 멀지 않은 곳에 계단이 있었는데 꼭대기에 베티가 앉아 있었다. 베티는 회색과 하얀색 털이 섞인 나이 든 고양이였는데 학교 뒤편 목조주택에 살았다. 베티 옆에는 피난 온 고양이가 하나 앉아 있었는데 정말 어려 보이고 아주 예뻤다. 옅은 색깔의 털이 길고 북실북실했으며 호랑이 줄무늬가 있었다.

"무슨 일이 있어도 겨울이 오기 전에 사람과 친해져야 해."

베티가 어린 고양이를 타이르는 소리가 들렸다.

"여기 겨울이 얼마나 추운지 짐작도 못할걸. 넌 너무 어려서 혼자 살아남을 수 없어. 사람들 집 중에 머물 곳을 찾아야 해. 어떻게 하면 사람들이 널 데려갈지 알고 있니? 어떻게 하면 사람들 환심을 살 수 있는지 말이야."

어린 고양이가 고개를 흔들었다.

"사람들에게 애교를 부려야 해."

베티가 말했다.

"사람들 마음에 들게 행동해야 해. 잘 봐!"

베티는 일어서더니 계단 세 개를 내려가 쇠로 된 난간 기둥에 몸을 붙이고는 말했다.

"이걸 사람 다리라고 생각해."

베티가 몸을 돌리고 방향을 바꾸어 기둥 둘레를 쓰윽 스쳤다. 그런 다음 꼬리를 위로 치켜든 채 등을 둥글게 부풀렸다가 앞발을 구부려 꺾고 꼬리를 내렸다. 베티는 그렇게 쇠기둥을 몇 차례 부드럽게 스치는 동작을 반복했다. 어린 고양이는 베티의 동작을 주의 깊게 지켜보았다.

"사람들은 고양이가 애교 부리는 걸 좋아해."

베티가 계속 설명했다.

"가끔 간절하게 야옹 소리를 내면서 고개를 들고 사람들을 쳐다보는 것도 도움이 돼. 특히 효과가 좋은 건 야옹 소리를 내고 싶은 듯 입을 벌리고는 아무 소리도 내지 않는 거야. 말하자면 소리 없는 야옹을 하는 거지. 사람들이 항상 거기에 넘어가 저절로 널 애처롭게 여기거든. 그렇게 해서 어떤 사람이 너를 들어 올리면 그냥 얌전히 품에 안기기만 하면 돼. 그리고 머리를 그 사람 가슴에 대고 문지르면서 눈을 감은 채 가르릉 소리를 내는 거야. 그럼 분명 널 데려갈걸. 내 말 알아들었지?"

어린 고양이가 고개를 끄덕거렸다.

"자, 그럼 제대로 이해했는지 볼까? 누군가 널 데려가서 돌보게 만들려면 어떻게 해야 한다고?"

"그 사람 다리를 문지르면서 애교를 부려야 해."

어린 고양이는 작게 대답했다. 목소리가 너무 작아서 분명하게 들렸다기보다는 그렇게 대답했으리라 짐작했을 뿐이다.

"좋아, 그럼 한 번 해 봐!"

베티는 이 말과 함께 다시 계단 꼭대기에 가서 앉았다.

어린 고양이가 계단 아래쪽 쇠기둥 둘레를 스치면서 돌았다. 아누쉬가 모퉁이 쪽에서 다가와 우리가 있는 돌 받침대 옆에 앉았다.

"쟤는 이름이 파이카야. 우리 중에서 제일 어려."

아누쉬가 말했다.

"아직 한 살도 안 됐어. 솔직히 말하면 피난길이 험난해서 살아남지 못할 거라고 걱정했어. 하지만 정말 잘 버텼지. 이제 누군가 교육을 좀 시키고 생존에 필요한 기술을 가르쳐 주기만 하면 될 텐데 다행히 벌써 찾은 것 같네."

우리가 베티와 파이카를 바라보고 있는 사이에 분위기가 돌변했다. 방금 전까지는 "여기 좀 봐, 난 이런 것 할 수 있어, 나는… 나는….." 하는 소리로 신나게 재주를 자랑했던 소리가 갑자기 멈추고 사납고 공격적인 푸우 소리가 들려왔다.

람보가 미르코를 덮치더니 물고 할퀴는 것으로 모자라 확 밀어서 바닥에 쓰러뜨렸다. 미르코가 항복의 표시로 배를 드러낸 채 발랑 드러누웠지만 람보는 내버려 두지 않았다. 푸우 소리를 내고 는 미르코 몸에 날카로운 이빨을 깊이 박아 넣었다. 피가 솟구쳐 나왔다. 싸우는 둘 주위를 고양이들이 둥글게 에워쌌다. 못마땅한 듯 웅얼거리는 소리가 들렸지만 아무도 나서서 말리지 않았다.

브루노가 단숨에 풀쩍 뛰어 내려가 둘 사이를 막아서고는 람보 에게 소리를 질렀다.

"그만! 이제 충분해. 그러다가 죽이겠어."

람보가 머뭇머뭇 "하지만…" 하고 말하려 하자 브루노는 더욱 화가 났는지 호통을 쳤다.

"싸우는 건 좋아. 서로 힘을 겨루어 보는 거라면. 하지만 죽이는 건 다르지. 우리들 사이에서 그런 일이 일어나서는 절대 안 돼. 명 심하라고! 네가 힘이 더 세다는 걸 보여 주었으니 그걸로 됐어."

람보는 불만스러운 표정이었다.

"미치한테 접근하지 말라고 해. 여기 출신도 아니면서 자꾸만 우리 사이에 끼어들잖아. 여기서 썩 꺼지라고 해야 한다고!"

"넌 우선 수고양이로서 올바르게 처신하는 법을 배워야겠다."

브루노가 힘을 주어 말했다. 브루노의 의견에 동조하는 속삭 임이 여기저기서 들려왔다. "브루노 말이 맞아." 하는 말도 들리고 "람보는 늘 무례하게 행동해.", "자기가 원하는 건 다 해도 된다고 생각해." 하는 말도 들렸다.

브루노가 앞발을 들어 미치를 가리켰다. 미치는 미르코 옆에 앉아 상처를 핥아 주고 있었다.

"저기 좀 봐. 넌 미르코를 여기서 내쫓고 싶은가 본데 미치 생각은 다른 것 같다."

브루노는 비웃음을 띤 채 람보에게 말했다.

고양이들이 하나씩 람보에게 등을 돌렸다. 심지어는 그동안 피난 온 고양이들을 싫어했던 나무딸기조차 미르코와 미치 편에 섰다. 람보는 고양이들이 하나같이 자기를 비웃고 적대감을 보이자 견딜 수 없었는지 꼬리를 만 채 도망쳤다.

나는 브루노가 무척 자랑스러웠다. 그런 친구가 있다는 게 행복하고 감사해서 더 가까이 그의 곁을 파고들었다.

그날 밤 브루노는 내 곁에 머물렀다.

28

삶이 항상
멋진 건 아니다.
힘든 일을
겪어야만 할 때도 있다.

어느 날 전혀 예상하지 못했던 일이 일어났다. 나는 그 일로 심한 혼란에 빠졌다. 그날 아침 나는 아누쉬를 데리러 갔다. 유리창이 떨어져 나간 창문을 통해 빵 굽는 곳으로 들어갔을 때 아누쉬는 반갑게 야옹 소리를 내며 맞이하는 대신 그대로 누워 있었다. 처음 맡아 본 이상한 냄새가 났을 때 바로 눈치를 챘어야 하는데 가까이 다가가서야 비로소 아누쉬가 누워 있는 이유를 알아차렸다.

아누쉬가 새끼를 낳았던 것이다. 아주 작은 고양이 세 마리였다. 털이 없는 발가숭이 몸뚱이에 눈도 못 뜨는 새끼 고양이들은 애벌레처럼 희끄무레한 빛깔을 띠고 있었다. 이미 젖을 먹었는지 짧고 뭉툭한 다리로 엄마 배를 톡톡 차고 있었다.

"간밤에 낳았어."

아누쉬가 작게 말했다. 뿌듯함을 숨길 수 없는 목소리였다.

"네가 여태까지 본 새끼 고양이 중에서 제일 귀엽지 않니?"

그 질문에 대한 대답은 간단했다. 나는 그때까지 새끼 고양이를 본 적이 한 번도 없었다. 고양이들의 모임에서 본 어린 고양이들은 어리긴 해도 엄마를 따라올 만큼은 되었기에 고양이의 축소판처럼 보였지, 애벌레 비슷한 구석이라곤 전혀 없었다. 그러니 아누쉬가 낳은 새끼 고양이들이 내가 처음으로 본, 갓 태어난 고양이였다. 물론 새끼 고양이가 태어났다는 소식이나 죽었다는 소식을 가끔 듣긴 했지만 직접 본 적은 없었다. 그러니 갓 태어난 새끼 고양이가 실제로 어떻게 생겼을지 상상할 수도 없었다. 심지어는 어떤 모습일지 궁금하게 여긴 적조차 없었다.

나는 아누쉬의 새끼들을 찬찬히 살펴보았다. 귀여우냐고? 전혀 그렇지 않았다. 아직 제대로 형체를 갖추지 못한 머리통과 몸통이 마치 엠마 할머니가 발효시키려고 찬장에 두곤 했던 밀가루 반죽으로 빚은 듯 엉성해 보였다. 그런데도 내 마음속에 상냥함이 솟아올랐다. 마음이 부드럽게 녹아 흐르는 것 같은, 어쩐지 가만히 참고 있기가 아주 힘든 이상한 느낌이었다.

"경작지가 빵집 근방이라 참 다행이야."

아누쉬가 말했다.

"쥐 사냥을 갈 때 자리를 오래 비우지 않아도 되잖아."

나는 마음이 혼란스러워 한마디 대꾸도 못했다.

잠시 후 나는 도망치다시피 그 자리를 떠났다. 아누쉬로부터 도망친 게 아니라 말로 표현할 수 없는 여러 감정들이 압도하는 바람에 도망친 것이었다. 새끼 고양이들을 더 이상 보고 있을 수가 없었다. 나는 엠마 할머니 생각이 났다. 할머니라면 기분이 왜 이런지 설명해 주었을 텐데. 할머니를 향한 그리움이 너무나 커서 나도 모르게 발길이 예전 우리 집으로 향했다. 새로운 가족이 이사 온 후로는 항상 그 집을 피해 다녔지만 지금은 사정이 달랐다.

라이만 부인이 정원 손질을 하고 있는 모습이 멀리서도 보였다. 라이만 부인은 꽃나무 지지대로 사용했던 낡은 막대기를 뽑아 정원 울타리 뒤쪽 퇴비더미로 가져갔다. 엠마 할머니도 가을이면 항상 그런 작업을 하곤 했다. 그리고 할머니처럼 라이만 부인도 등이 아픈지 이따금 멈추어 서서 옆구리에 팔을 올리고 허리를 쭉 폈다.

엠마 할머니는 종종 정원 일이 얼마나 힘든지 아느냐며 신음 소리를 냈지만 정원을 무척이나 사랑했다. 솔직히 고백하면 난 할머니가 정원에서 일하는 시간을 벤치에서 낮잠 잘 기회로 삼았다. 고양이들이 잠자는 걸 얼마나 좋아하는지 그리고 얼마나 많이 자는지는 널리 알려진 사실 아닌가! 할머니는 종종 나한테 "그러다가 평생을 잠자느라 다 보내겠구나." 하고 놀렸다.

이제 할머니한테는 정원이 없다. 나는 할머니가 요양원에서 어떻게 지내는지 상상이 되지 않았다. '거동이 불가능한 환자'라서 하루 종일 누워 있어야만 할까? 할머니가 창문을 통해 바라볼 수 있게 바깥에 정원이 있으면 좋겠다.

엠마 할머니는 유리초나 초롱꽃, 참제비고깔과 같은 푸른색 꽃들이 핀 화단을 가장 좋아했다. 그리고 장미라면 색깔을 가리지 않고 모두 좋아했다. 꼭 나처럼. 장미 꽃잎은 흰색이든 분홍색이거나 붉은색이든 하나같이 맛이 좋았다. 장미 꽃잎을 맛본 지 한참 되었다. 할머니가 아프기 시작한 뒤로 장미를 사 오지 못했기 때문이다. 할머니가 꽃병에 장미를 꽂아 식탁 위에 올려놓기가 무섭게 단숨에 뛰어올라 장미 꽃잎을 잘근잘근 씹어 먹곤 했는데. 장미 꽃잎이 그토록 맛있었던 게 매혹적인 향기 때문이었는지, 달콤한 맛 때문이었는지 모르겠다. 어쩌면 둘 다였을까? 장미는 여전히 내가 가장 좋아하는 꽃이다. 시들어 땅에 떨어진 꽃잎은 맛이 없는데 정원에 핀 장미는 가시가 있어 가까이 갈 수 없다는 게 참 아쉽다.

우리가 살던 집에 다가가자 맨 처음 보인 것은 달라진 거실 커튼이었다. 가느다란 푸른색 줄무늬가 있는 베이지색 커튼 대신 잘 익은 옥수수 빛깔 노란색 커튼이 걸려 있었다. 정원도 예전과는 완전히 다르게 보였다. 여름이면 땡볕을 피해 할머니와 종종 앉아 있던 벤치는 잔디밭 건너편으로 옮겨져 있었다. 그 옆에 가장자리를 넓은 널빤지로 막은 모래밭이 새로 생겼다. 사과나무의 굵은 가지에 매어 놓은 그네에는 금발머리를 양쪽으로 땋은 여자아이가 앉아 심심한 표정으로 흔들어 대고 있었다. 그리고 그보다 더 작은 여자아이가 모래밭에서 장난감 삽을 가지고 놀고 있었다. 모래를 퍼서 빨간색 양동이에 담고 가득 차면 바닥에 부었다가 다시 채우는 놀이를 계속했다.

속으로 '어쩌면 이 아이들이랑 친해져 여기서 함께 지낼 수도 있지 않을까?'라고 생각하고 있는데 금발머리를 리본으로 묶은 여자가 밖으로 나왔다. 음료수 두 잔이 놓인 쟁반을 들고 계단을 내려오는 여자의 다리 주변에서 개 한 마리가 이리 뛰고 저리 뛰었다. 닥스훈트였다. 하필이면 닥스훈트라니! 이 품종은 고양이를 싫어하기로 악명이 높다. 뭐, 없었던 일로 해야겠다. 사실 별로 좋은 생각도 아니었다. 엠마 할머니와 함께가 아니라면 어차피 이 집에서 살고 싶지도 않았으니까.

나는 몸을 돌린 후 단지를 얼른 벗어날 요량으로 빠르게 달렸다. 도로 반대편 끝에서 뚱뚱한 제들마이어 부인이 커다란 쇼핑봉투를 들고 낑낑거리며 걸어오는 모습이 보였다. 나는 더 빨리 달렸다. 제들마이어 부인은 가장 마주치고 싶지 않은 사람이었다.

29

지나간 일은 종종
그걸 더 이상 바꿀 수 없을 때
돌이켜보고서야 비로소
이해가 된다.

이 말도 엠마 할머니가 한 말이다. 항상 맞는 말은 아니다. 하지만 우리가 원치 않아도 들어맞는 경우가 훨씬 더 많다. 물론 아쉬움과 후회를 담고 있다. 할머니가 이 말을 언제 했는지 아직도 정확하게 기억이 난다.

날씨가 아주 좋은 여름날 저녁이었다. 우리는 사과나무 아래 벤치에 앉아 귀뚜라미 울음소리를 듣고 있었다. 할머니는 귀뚜라미 소리를 좋아했다. 할머니가 문득 젊었을 때 사랑했던 남자 이야기를 꺼냈다.

"내 평생 가장 사랑한 사람이었단다."

할머니는 이 말을 하면서 눈가에 고인 눈물을 손등으로 닦았다. 영국에서 있었던 일이라고 했다. 엠마 할머니는 대학생 때 교환학생으로 런던에 가서 한 학기를 보냈다. 거기서 그 남자를 알게 되었다고 했다. 이름이 잭이었는데 그 역시 대학생이었다.

"잘생기진 않았단다."

할머니가 이야기를 시작했다.

"사실 아주 못생겼다는 말이 맞을 거야. 얼굴은 말상에다가 눈은 튀어나오고 머리는 고슴도치처럼 삐죽삐죽 뻗쳐 있었거든. 하지만 똑똑하고 재미있었어. 게다가 이루 말할 수 없이 다정했지. 우리가 함께 보낸 시간은 정말 행복했단다. 그래도 가끔은 못생긴 외모에 새삼스레 놀라긴 했어. 하지만 영국에 있었으니 내 친구들이 잭을 보고 흉을 볼 염려는 없었지. 학기가 끝날 무렵 잭은 나한테 가지 말라고, 자기와 결혼해서 런던에 살자고 했단다."

할머니는 다시 눈가를 훔치더니 바지 주머니에서 손수건을 꺼내 코를 세게 풀었다.

"나는 싫다고 했어. 그냥 싫다고 대답하고 집으로 돌아왔지. 그후로 다시는 잭을 못 만났어. 그런데 키티야, 내가 청혼을 거절했던 건 학업을 꼭 마치고 싶어서만은 아니었단다. 못생긴 외모 탓이었지. 남편이라고 소개하기엔 잭이 너무 못생겨서 창피하다고 생각했거든. 친구들이 뭐라고 할지 신경이 쓰였던 거야. 그걸 집에 돌아오고 나서 한참이 지나고서야 인정했단다. 나중에 잭한테 편지를 보냈는데 답장 대신 청첩장이 왔어. 나보다 똑똑한 여자를 만난 거야. 그렇게 내 일생의 사랑은 끝이 났단다. 지나간 일은 종종 그걸 더 이상 바꿀 수 없을 때 돌이켜보고서야 비로소 이해가 되는 법이지."

할머니는 다시 한 번 코를 풀었다.

"그때 영국에 남았어야 했어. 잭 이후로 만난 남자들은 다 어딘가 맘에 들지 않았단다. 에르빈은 잘생기긴 했지만 재미가 전혀 없었어. 딱딱하고 마음을 터놓지 않는 편이었지. 클라우스는 내가 바라는 만큼 다정하지 않았고 토마스는 킥킥거리는 웃음소리가 거슬렸지. 게다가 그다지 똑똑하지도 않았고. 키티야, 나는 사랑했던 남자를 가장 어리석은 이유로 놓쳐 버렸어. 외모 때문에. 사랑보다 더 중요한 건 없다는 걸 너무 늦게 깨달았어. 명심하렴. 사랑이 무엇보다 중요하단다. 오직 사랑만이."

이것도 엠마 할머니가 나에게 가르쳐 준 삶의 지혜였다. 불쌍한 할머니, 할머니가 사랑을 누릴 수 있었다면 좋았을 텐데. 하지만 할머니가 런던에 머물렀더라면 나는 할머니를 만나지 못했을 거다.

나는 플레키를 만나려고 길을 나섰다. 마침내 찾았을 때 플레키는 시티-비스트로 뒤에 있는 쓰레기통을 뒤지는 중이었다. 플레키는 나를 보자 말없이 스테이크 반쪽을 밀어 주는데 무척 맛있었다. 그걸 주문했던 사람이 왜 남겼는지 이해되지 않았지만 상관

없었다. 덕분에 배불리 먹었으니까. 나는 다 먹고 나서 얼굴을 닦은 후 플레키에게 불쑥 말했다.

"아누쉬가 새끼 고양이를 세 마리 낳았어."

플레키는 나를 유심히 살펴보더니 대꾸했다.

"너도 곧 그럴 거야."

"나도 뭘 한다고?"

나는 놀라서 물었다.

"너도 새끼를 낳게 될 거라고."

나는 플레키의 말에 너무 놀라 어안이 벙벙해진 나머지 말을 더듬었다.

"어, 어떻게 아는데?"

플레키가 앞발 하나를 치켜들더니 대답했다.

"나는 너보다 훨씬 오래 살았고 경험이 많아. 새끼를 낳아 본 적도 여러 번 있고. 그래서 네 모습을 보고 안 거야. 냄새로도 알아차렸고."

"언제?"

나는 다급한 목소리로 물었다.

"내가 언제쯤 새끼를 낳게 될 것 같아?"

"금방은 아니야. 아마 앞으로 4, 5주 정도 지나서. 너를 돌봐 줄 새로운 가정을 구하는 게 좋을 거야. 길고양이들이 낳는 새끼는 오래 못 사는 경우가 많아. 특히 가을에 길거리에서 태어난 고양이들은 거의 못 버텨. 아누쉬가 낳은 새끼들도 셋 다 살아남기는 힘들 거야.”

나는 한마디 대꾸도 할 수 없었다. 그렇지만 플레키의 말은 추호도 의심하지 않았다. 최근에 내가 달라진 건 나 자신도 알고 있었다. 마음속 깊이 무언가 다르게 느껴졌다. 좀 더 충만하고 생명력이 넘치는 기분이었다. 게다가 전에는 요즘처럼 이렇게 배를 자주 핥지 않았다.

내가 새끼를 낳게 된다고? 이 문제는 조용히 생각해 볼 문제였다. 하지만 지금은 아니다. 곰곰이 생각하려면 혼자 있을 장소가 필요했다. 그리고 혼자 생각하러 가기 전에 아누쉬가 낳은 새끼 고양이들을 좀 더 자세히 살펴보고 싶었다.

“참, 브루노가 요새 통 안 보여. 여름에도 그러더니 또 아픈가 봐.”

나는 걱정스러운 기색으로 중얼거렸다.

플레키는 얼굴에 묻은 케이크 부스러기를 털어내더니 나를 보지 않은 채 이렇게 말했다.

“내 생각에 브루노는 아프지 않아. 이제 더 이상은. 앞으로 다시는 못 올 거야.”

나는 생각했다.

‘대체 무슨 말도 안 되는 소리를 하는 거지? 당연히 브루노는 돌아올 거야. 여기에 집이 있고 친구인 우리가 있는데.’

나는 쓰레기통에서 꺼낸 음식물 쓰레기를 바라보았다. 우리 뒤쪽에 있는 정원의 개미들도 그걸 보았나 보다. 개미들이 울타리 근처 풀덤불에서 기어나와 도로의 포석을 지나서 다진 고기와 밥이 섞인 음식물에 닿기까지 길고 긴 행렬을 이루고 있었다. 개미 두 마리는 뭔가 하얀 것을 나르고 있었는데 벌레인지 구더기인지 모르겠지만 밥알보다는 조금 컸다. 어쨌든 그걸 끌고 가는 개미들의 세 배는 되는 크기였다. 힘을 합치면 그걸 옮길 수 있다는 걸 개미들은 도대체 어떻게 알았을까? 그렇게 작은 머리에 그렇게 복잡한 약속을 할 수 있을 만큼의 뇌가 있을까? 나는 머리 크기와 성능이 좋은 뇌 사이의 관계를 곰곰이 따져 본 끝에 고양이나 개 정도는 되어야 어느 정도의 영리함을 기대할 수 있다는 결론을 내렸다.

"귀염둥이, 내 말 들었지?"

플레키가 조심스럽게 물었다.

나는 플레키를 쳐다보지 않았다. 쓰레기 더미 사이에 요구르트가 담겼던 컵 두 개가 보였다. 나는 바닥에 조금 남은 요구르트를 싹싹 핥아 먹었다.

"나 좀 봐!"

플레키가 소리를 높였다.

"말도 안 되는 소리잖아. 여기 돌아오지 않다니, 브루노가 어딜 갔다는 건데?"

플레키는 푹 잠긴 이상한 목소리로 대답했다.

"귀염둥이, 너 내 말이 무슨 뜻인지 알아들었잖아. 브루노는 죽었어.”

귀에 들리는 말을 정말 듣고 싶지 않을 때가 종종 있는 법이다. 그런데도 그 말이 들린다. 갑자기 머리가 텅 비었다. 머릿속에 있던 모든 생각이 더 이상 닿을 수 없는 곳으로 사라져 버린 듯했다. 나는 아무 일도 없었던 것처럼 개미떼를 내려다보았다. 그리고 고개를 들어 그렇게 끔찍한 말을 아무렇지도 않게 입 밖에 낸 플레키를 노려보았다.

“거짓말이야!”

나는 플레키에게 소리쳤다.

“넌 늙고 질투심 많은 거짓말쟁이야! 브루노가 죽은 걸 네가 어떻게 아는데? 죽을 때 옆에서 보기라도 했어?”

플레키는 공격을 잠자코 받아들였다. 잠시 후 말을 꺼냈을 때 플레키의 부드러운 목소리는 동정심으로 가득했다.

“아니, 옆에 있지는 않았어. 내 말이 거짓이면 나도 좋겠다. 브루노가 자신은 오래 살지 못할 거라고 직접 말했는걸. 그래서 요즘 브루노가 계속 보이지 않기에 죽었나 보다고 생각한 거야.”

나는 속이 뒤집히는 것 같았다. 그 말을 믿고 싶지 않았다. 아니, 믿을 수 없었다.

“그럴 리가 없어.”

나는 떨리는 목소리로 대꾸했다. 녹슨 못을 삼킨 듯한 목소리가 났다.

“나한테 아무 말도 안 했을 리가 없어. 사실이 아니라고 어서 말해!"

"사실이야."

플레키는 한숨을 쉬며 말했다.

"브루노는 죽었어. 그렇지 않고서야 이렇게 오래 안 보일 수는 없잖아. 브루노는 많이 아팠어. 여름에 수술받은 건 너도 알지? 그때 자기 주인에게 의사가 하는 말을 들었대. '안타깝지만 회복은 어렵겠습니다. 몇 주 더 살긴 하겠지만 그 이상은 힘들어요. 유감스럽게도 희망을 드릴 수는 없겠네요. 제가 기껏 할 수 있는 일은 선생님 고양이가 더 이상 고통을 느끼지 못하도록 약을 처방해 드리는 것입니다.'라고 말하는 걸 들었다는 거야. 브루노는 날이 갈수록 상태가 점점 나빠지는 게 느껴진다고 했어. 그리고 너한테는 자기가 떠난 다음에 알려 주라고 부탁했어. 미안해. 브루노가 안 보이기 시작했을 때 바로 말해 줬어야 하는데 엄두가 나지 않았어. 그 소식이 널 얼마나 슬프게 만들지 알고 있었거든."

개미들이 지칠 줄 모르고 기어가고 또 기어갔다. 개미들은 살아 있는데 브루노는 죽었다.

"뭐라고 말 좀 해 봐!"

플레키가 애원했다.

나는 나를 괴롭히는 질문을 가까스로 입 밖에 냈다. 아직도 녹슨 못이 목에 걸려 있는 것 같았다.

"나한테는 왜 말을 안 했을까? 그 정도로 나를 하찮게 여겼을까?"

플레키가 옆으로 가까이 다가왔다. 나는 땅바닥을 내려다본 채 개미들의 움직임을 눈으로 좇았다.

플레키가 다정하게 달랬다.

"그 반대야. 너는 브루노한테 정말 중요한 존재였어. 그래서 너를 슬프게 만들고 싶지 않았던 거야. 게다가 네가 사실을 알면 때가 되기도 전에 자기랑 멀어질까 봐 싫었던 거지. 네가 자기를 볼 때마다 금방 죽을 거라는 생각을 떨쳐 버리지 못하고 너무 이르게 작별인사를 할까 봐 두려웠던 거야. 너랑 함께 보내는 시간을 마지막 순간까지 누리고 싶었을 테니까."

플레키는 나에게 몸을 붙인 후 머리를 내 머리에 대고 비볐다.

"나도 무척 슬퍼."

우리는 오랫동안 아무 말도 하지 않았다.

한참 지난 후 나는 말을 꺼냈다.

"언젠가 브루노가 죽는 게 그다지 나쁘지 않다고 말한 적이 있어. 더 이상 아무것도 느끼지 않는데. '죽은 이후는 태어나기 전과 같아.'라고 말했어. 차이가 딱 하나 있다고 했지. 태어나서는 배고픔을 느끼지만, 죽고 나서는 아마도 배고픔을 느끼지 못할 거라고."

나는 말을 멈췄다가 잠시 후 이렇게 물었다.

"브루노가 죽을 때 배가 불렀을까?"

"그럼, 물론이지. 내 생각에 분명 배가 불렀을 거야. 브루노는 일곱 개의 목숨을 다 살았어. 그리고 사랑을 많이 받았지."

"사랑보다 더 중요한 것은 없어. 엠마 할머니가 그렇게 말했어."

"엠마 할머니는 정말 현명한 사람이었구나."

나는 플레키의 말을 바로잡아 주었다.

"엠마 할머니는 현명한 사람이야. 할머니는 아직 죽지 않았어. 요양원에서 살고 있어."

그날 저녁, 나는 아누쉬를 다시 한 번 찾아가 보려던 애초의 결심을 실행에 옮기지 않았다. 우리는 다음 세대에 자리를 내주기 위해서 죽어야만 한다던 브루노의 말이 떠올랐기 때문에 새끼 고양이들을 보고 싶지 않았다. 브루노의 말이 옳다는 것은 부정할 수 없었지만 내 눈으로 다음 세대를 보고 싶은 마음은 들지 않았다. 적어도 브루노의 죽음을 알게 된 그날만큼은 그랬다.

그날 밤에 잠을 자려고 밀가루 포대 위에 누웠을 때 마음속으로 속삭였다.

"카산드라 언니, 무슨 일이 일어났는지 들었어?"

"키티야, 걱정 마. 다 잘될 거야."

언니가 플레키 목소리로 대답했다.

그날 밤은 그 말이 아무런 위로도 되지 않았다.

30

고양이가 카나리아를
잡아먹었다고 해서
카나리아처럼 노래를
부를 수 있게 되는 건 아니다.

내가 이대로 계속 살 수는 없다는 걸 깨달았을 때 엠마 할머니가 했던 이 말이 떠올랐다. 할머니가 지금 나를 보았다면 똑같은 표현을 썼을 거다. 몇 달 동안 길에서 살았다고 해서 길고양이가 되진 않는다. 나는 길고양이가 아니다. 아무리 생각해도 아니다. 그 사실이 갑자기 명백해졌다. 나는 집고양이로 자랐고 이제 다시 집고양이로 돌아가야만 했다. 새끼를 낳게 되었기 때문이다. 플레키는 길고양이가 낳은 새끼는 오래 살지 못한다고, 특히나 가을에 태어난 새끼 고양이는 더욱 그렇다고 말했다.

가을이 되었다. 날은 서늘해지고 계속 비가 내렸다. 엠마 할머니가 장마라고 부르던 비였다. 밤에는 추웠다. 밀가루 포대 사이로 기어 들어가도 전혀 도움이 되지 않았다. 쥐를 잡기도 점점 어려워졌다. 쥐들도 그치지 않고 부슬부슬 내리는 비가 질색인 모양이었다. 솔직히 말하면 쥐가 이제는 별로 맛이 없었다. 처음에는 맛이 꽤 좋다고 생각했는데 시간이 지날수록 엠마 할머니가 접시에 채워 주던 고양이 사료가 그리웠다. 나를 쓰다듬어 주던 할머니 손길도 그리웠다. 아침식사 시간에 타 주던 코코아 생각도 간절했다. 연못 물에서 그야말로 썩은 맛이 났기 때문이다. 아마도 연못 주변 나무에서 나뭇잎들이 연못 안으로 많이 떨어졌나 보다. 플레키 말이 맞았다. 나는 새로운 가정이 절실하게 필요했다.

그런데 그 일은 정말 간단하지 않았다. 주택단지에 있는 집들에는 대부분 이미 반려동물이 있었다. 반려묘나 반려견이었다. 이전에는 반려동물을 키우지 않던 집에서도 그새 피난 온 고양이들을 데려갔다. 날이 더 추워지기 전에 운 좋게 주인을 만난 고양이들이었다.

맨 처음 머리에 떠오른 사람은 브루노를 돌봐 주던 주인이었다. 그 사람은 휠체어를 타고 있었는데 브루노 말로는 아주 친절하다고 했다. 브루노가 종종 특별 간식을 세 개나 먹었다는 사실이 생각나자 허기가 더 심해졌다. 나는 브루노가 살던 집 앞에 앉아 기다렸다. 마침내 브루노의 예전 주인이 휠체어를 타고 밖으로 나왔다. 그런데 그 옆에 개 한 마리가 목줄을 맨 채 따라오고 있었다. 중간 정도 크기에 털이 적갈색이었다. 내가 다가가자 개는 짖어대기 시작했다. 자기 특별 간식을 고양이는 말할 것도 없고 다른 동물과 나눌 생각이 조금도 없는 모양이었다. 브루노의 예전 주인은 브루노를 잃은 상실감을 참 빨리도 극복했다. 내 생각으로는 너무나 빨랐다. 좀 더 슬퍼해도 됐을 텐데. 어쨌든 브루노가 살던 집에 내 자리가 없는 건 확실했다.

나는 학교 바로 옆집을 다음 목표로 정했다. 내가 아는 한 그 집에는 반려동물이 없었다. 나는 그 집 앞에 웅크리고 앉아 누군가 오기를 기다렸다.

저녁이 되어 그 집에 사는 남자가 차에서 내렸을 때 나는 베티가 파이카에게 가르쳐 준 대로 남자의 다리 주위를 스치면서 맴돌았다. 그에게 몸을 기댔다가 등을 둥글게 해서 내 몸을 작게 만들기도 했다. 그를 보면서 간절하게 야옹 소리도 냈다. 베티가 특히 주의를 기울여야 한다고 그토록 강조했던 소리 없는 야옹도 잊지 않았다. 남자가 나를 들어 올려 품에 안았다. 나는 얼른 머리를 그의 가슴에 대고 비비면서 가르릉거리기 시작했다. 베티의 방법은 정말로 효과가 있었다! 남자는 나를 집 안으로 데리고 들어가 주방 바닥에 내려놓더니 우유 한 접시를 내밀었다. 나는 허겁지겁 우유를 마셨다. 우유를 마지막으로 마신 게 언제였는지도 까마득했다.

하지만 내 운은 거기까지였다. 남자의 아내가 주방으로 오더니 못마땅한 얼굴로 말했다.

"대체 어쩔 셈이에요? 설마 고양이를 키우자는 건 아니죠?"

플레키가 예전에 이런 말을 했다.

"사람들이 다 고양이를 좋아하는 건 아니야. 겉으로 봐서는 알 수 없지만 너한테 말하는 목소리를 들으면 고양이를 좋아하는지 아닌지 알 수 있어."

남자의 아내 목소리는 크기도 했지만 성난 기색이 역력했다. 얼굴은 야위었고 딱딱하게 굳은 표정이었다. 내 생각에 너무 마르는 건 사람들한테 좋지 않은 것 같다. 물론 고양이도 마찬가지다.

남자는 아내 눈치를 많이 보는 게 분명했다. 내가 서둘러 접시 바닥에 남은 우유를 마저 핥아 먹기가 무섭게 나를 들어 올리더니 밖으로 나와 집 앞에 내려놓았다. "미안하다."라는 말과 함께 눈앞에서 문이 닫혔다. 나는 다시 혼자 남고 말았다. 우유 한 접시라도 배 속에 들어간 게 그나마 다행이었다.

"어디서 또 시도해 봐야 할지 모르겠어. 이 동네 사람들은 거의 다 집에서 반려동물을 키우는걸."

나는 플레키에게 하소연했다.

"그럼 다른 동네에서 시도해 봐야지."

플레키가 말했다.

"그건 싫어. 그럼 너를 못 만나잖아."

나는 고개를 저었다.

플레키는 머리를 내 오른쪽 어깨에 대고 비볐다. 어깨 아래쪽에

난 흉터도 살짝 문지르고 나서는 나를 달랬다.

"말도 안 되는 소리 하지 마. 난 널 항상 찾아낼 거야. 너도 분명 그럴 거고. 우리가 그렇게 멀리 떨어져 지낼 리는 없어. 거리 몇 개 정도 더 가는 게 무슨 큰일이라고! 어서 옆 동네로 가서 찾아봐. 더 이상 늦추면 안 돼. 하루가 다르게 추워지잖아."

플레키 말이 맞았다. 사람들은 벌써 겨울이 오기나 한 듯 오리털 파카를 입고 다녔다. 아이들도 학교에 갈 때면 후드가 달린 두툼한 상의 차림에 털모자를 썼다. 비가 그쳤는데도 잡히는 쥐들은 날이 갈수록 줄어들었다. 내 눈에 띄지 않는 방법을 터득한 건 아닐까 싶은 생각이 들었다. 여름을 보내는 동안 쥐들이 좀 영리해졌나? 그럴 리가 없었다. 아마도 추운 계절에는 쥐들이 적은 모양이다. 이상하게도 나는 고양이들이 겨울에도 쥐를 잡을 수 있는지, 그렇지 않은지 고민한 적이 없었다.

모든 것이 최대한 빨리 새로운 보금자리가 필요하다는 사실을 말해 주고 있었다. 이 동네에서는 가능성이 없으니 내키지 않아도 플레키 말처럼 멀리 가서 찾아볼 수밖에 없었다. 하지만 그건 결코 쉽지 않은 일이었다. 우리 고양이들은 떠돌이 개처럼 몇 킬로미터씩이나 떨어진 곳까지 돌아다니지는 않는다. 기껏해야 네댓 블록 혹은 정원 스물네 개쯤 떨어진 곳까지가 활동반경이다. 우리 고양이들은 원래 자기 동네를 좋아한다. 게다가 전에도 말한 적이 있지만 남다르게 충실한 성격이다.

나는 마지못한 발걸음으로 낯선 동네를 향했다. 낯선 집들과 정원들을 지나고 낯선 거리를 돌아다녔다. 다른 방법이 없었다. 새끼를 낳아 키우려면 안전한 장소가 필요했다. 하지만 이 낯선 동네에서도 새로운 보금자리를 찾을 가능성은 별로 없어 보였다. 정원 문에 '개 조심' 팻말이 붙은 집들이 여러 채 있었다. 개를 그려 놓고 그 아래 '여기는 내가 지키고 있어요'라고 쓴 팻말도 더러 눈에 띄었다. 개가 없는 집에는 대부분 고양이가 있었다. 눈에 보이기도 했지만 보이지 않는 경우에도 냄새로 알 수 있었다. 고양이들은 나를 쫓아냈다. 자기네가 갖고 있는 걸 나눌 생각이 전혀 없었다.

나는 개도 없고 고양이도 없는 집을 하나 발견했다. 밖에서 보기에 아주 예쁜 집이었다. 앞마당도 잘 가꾸어져 있고 창에는 알록달록한 색깔의 커튼이 드리워져 있었다. 하지만 그 집에 사는 여자는 전혀 친절하지 않았다. 나를 보자마자 멀리 내쫓았다.

나는 날이 갈수록 여위었다. 배만 서서히 둥글게 부풀었다. 몸을 구석구석 핥을 때면 앙상한 갈비뼈 아래로 배가 튀어나온 걸 확연히 느낄 수 있었다. 플레키가 우리 둘을 위해 쓰레기통을 뒤지지 않았다면 나는 분명 굶어 죽었을 거다.

밤이 되면 기온이 더 떨어졌다. 나는 밀가루 포대 사이에서 오들오들 떨었다. 어느 날 아침에 일어나 보니 식물들이 전부, 나무들만이 아니라 풀들까지 얇고 하얀 서리로 뒤덮여 있었다. 머릿속에서 엠마 할머니가 속삭이는 소리가 들려왔다. "첫서리로구나. 키티야, 보렴. 세상이 얼마나 아름다운지!"라고. 난방이 잘 된 방에서 닫힌 창문 너머로 내다본다면 서리 덮인 풍경이 아름다워 보일 수도 있을 거라고 생각했다. 나는 서리를 핥아 먹었다. 차갑긴 했지만 썩은 연못 물보다는 맛이 좋았다. 단지 그걸로 배가 부를 리는 없었다. 이제는 배가 부르다는 게 어떤 느낌인지 기억조차 나지 않았다. 나는 점점 더 살이 빠지고 점점 더 슬픈 기분이 들었다.

몇 차례 더 새 보금자리를 찾으려는 시도를 해 보았지만 번번이 실패하고 말았다. 한 번은 어떤 집에서 나를 데려간 적이 있었다. 부부는 둘 다 친절했지만 다섯 살짜리 아들은 고양이를 괴롭히는 데 천재적인 소질이 있었다. 그 아이는 여동생에게 고양이들은 수염과 꼬리를 잡아당기는 걸 좋아한다고 거짓말을 하고는 내 수염과 꼬리를 사정없이 잡아당겼다. 어떤 고양이라도 그런 상황을 견딜 재주는 없다. 나는 그 집에서 도망쳤다.

잠들기 전에 카산드라 언니한테 무슨 좋은 생각이 없는지 물어보았다. 언니가 대답했다.

"걱정 마, 키티야. 다 잘될 거야."

나는 속으로 생각했다. 말이야 쉽지. 하긴 언니는 내 머릿속에서만 살고 있으니까. 처음으로 '언니랑 얘기를 하는 게 대체 무슨 소용이 있을까?' 싶은 생각이 들었다.

31

모험을 감행했을 때
기적은 뜻하지 않은 곳에서
일어나기도 한다.

어느 날, 몸 안에서 낯선 움직임이 느껴졌다. 처음에는 배 속에서 느껴지는 이상한 움직임이 무얼 의미하는지 몰랐는데 플레키가 설명해 주었다.

"곧 새끼가 태어난다는 신호야. 늦어도 2, 3주 안에는 태어날 거야."

2, 3주 안이라고? 나는 겁에 질렸다. 아직 새끼를 낳아 키울 안전한 장소를 구하지도 못했는데!

쥐를 한두 마리 잡았거나 먹을 것이 많이 남아 있는 쓰레기통을 플레키가 발견한 날이면 배곯지 않고 그럭저럭 지낼 만했다. 그런 날에는 내가 새끼를 낳게 된다는 게 기뻤다. 아직 보지는 못했지만 벌써 내 새끼 고양이들을 사랑하고 있었다. 몇이나 나올지 당연히 알 수 없었다. 플레키는 내 배로 보아서 아마도 둘, 많아야 셋일 거라고 했다.

"고양이들이 처음 새끼를 낳을 때는 셋보다 많은 경우는 거의 없어."

나는 '청회색 털을 가진 수고양이도 하나 분명 끼어 있겠지.' 하고 생각했다. 벌써 눈앞에 보이는 것 같았다. 분명 애벌레처럼 못생기지 않고 브루노 축소판 같을 거다.

"청회색 털을 가진 수고양이가 태어나면 브루노라고 부를 거야."

"벌써부터 무슨 소리야. 자기가 낳을 새끼들이 어떻게 생겼을지는 아무도 몰라."

내 말에 플레키가 대꾸했다.

그렇기야 하지만 바라고 원하는 것조차 안 되는 건 아니잖아. 그럭저럭 지낼 만할 때는 그런 생각이 들었다.

하지만 흠씬 젖어 온몸이 꽁꽁 얼고 배가 고플 때면 머릿속에 떠오르는 끔찍한 모습이 나를 괴롭혔다. 내 몸이 너무 약해져 젖이 충분히 나오지 않아 새끼들이 하나씩 죽어가는 걸 밀가루 포대에 누워 지켜보는 모습이었다. 아누쉬도 새끼 셋 중 둘을 얼마 되지도 않아 잃었다. 다행히 살아남은 새끼는 무럭무럭 자라 어느

새 아기 고양이 꼴을 제법 갖추었다.

아누쉬는 전에는 빵 굽는 오븐 안에서 잤지만 구석에 있는 선반 아래쪽으로 잠자리를 옮겼다. 새끼가 기어 다니다가 떨어지면 약한 뼈가 부러질 위험이 있기 때문이다.

나는 계속 빵집 헛간에 있는 밀가루 포대 위에서 잤다. 낮에는 하루 종일 새 보금자리를 찾아 이웃 동네의 낯선 거리를 헤맸다. 낯선 거리는 서서히 더 이상 낯설지 않아졌지만, 기적이 일어날지도 모른다는 희망은 점점 작아졌고 용기도 점점 사라져 갔다.

그러던 어느 날, 새 보금자리에 대한 희망을 거의 포기했을 때 기적이 일어났다. 처음에는 내 경솔한 모험 때문에 완전히 혼란스러웠는데 그 모험이 뜻하지 않게 기적 같은 결과를 가져왔다.

그 사건은 상점이 많고 사람들은 더 많은 거리를 걸어가고 있을 때 시작되었다. 오후 늦은 시각이었다. 사람들은 바삐 서두르고 있었고 아무도 나한테 주의를 기울이지 않았다. 사람들과는 반대로 나는 사람들 발길에 채이지 않게 아주 조심해야만 했다. 정육점 앞에 이르렀을 때 고기와 소시지 냄새에 끌려 나도 모르게 걸음을 멈추고 정육점 건물 벽에 기대섰다. 이따금 간절하게 야옹 소리를 냈지만 소시지 한 조각을 던져 주기는커녕 거들떠보는 사람조차 없었다.

그러다가 자전거를 거치대에 세우고 정육점 안으로 들어가는 어떤 남자를 보았다. 어디선가 본 적이 있는 듯한 남자였다. 자전거 짐칸에는 장바구니가 실려 있었는데 아주 맛있는 냄새가 풍겨 나왔다. 단번에 정신을 잃을 만큼 황홀한 냄새였다. 내가 잘 아는 냄새, 훈제 청어 냄새였다. 황금빛을 띠고 기름기가 자르르 흐르는 훈제 청어는 내가 가장 좋아하는 생선이다.

곧바로 엠마 할머니와 함께 살던 집의 주방이 떠올랐다. 레인지 위에는 감자를 삶는 냄비가 보글보글 끓고 있고, 할머니는 '여기 내가 요리합니다'라는 글자가 찍힌 앞치마를 두르고 식탁에 앉아 있었다. 식탁에 펼쳐진 신문지 위에는 접시가 두 개 놓여 있었는데 하나에는 할머니가 손질하려는 청어가 들어 있었다. 나는 청어 냄새에 머리가 돌 지경이었다.

나는 식탁 옆 의자에 앉아 할머니가 청어를 손질하는 모습을 하나도 빼놓지 않고 홀린 듯이 바라보았다. 할머니는 청어 머리와 꼬리를 잘라내더니 신문지에 내려놓았다. 그다음에 황금빛 껍질을 벗기고 가시를 발라낸 후 두툼한 생선살을 빈 접시에 놓았다. 입 안에 침이 고여 참기 힘들었다. 나는 흥분을 가라앉히지 못한 채 침을 꿀꺽 삼켰다.

"여기 있다, 욕심꾸러기."라며 할머니가 청어 작은 조각을 내밀었다. 나는 곧바로 먹어치웠다. 할머니가 껍질째 삶은 감자 두 개와 버터 한 조각을 넣어 청어를 요리한 뒤에는 더 큰 조각을 준다는 걸 나는 알고 있었다. 생선은 할머니 말마따나 '어린 고양이에게 건강한' 음식이니까.

낯선 거리에서 뒤에는 정육점이, 앞에는 맛있는 냄새가 나는 장바구니가 있는 지금 현기증이 났다. 청어를 먹은 지가 너무 오래

214

되었다.

　나는 조심스럽게 주위를 둘러보았는데 그럴 필요가 전혀 없었다. 사람들은 정육점 앞에 있는 자전거나 장바구니를 쳐다볼 틈도 없이 제 갈 길을 가느라 바빴다. 장바구니가 아무것도 아니라는 듯이, 거기서 풍겨 나오는 특별한 냄새를 못 맡은 듯이 기적 같은 장바구니와 내 곁을 지나쳐 갔다. 사실 사람들은 감각이 상당히 무디다. 고양이가 사람들보다 훨씬 더 잘 듣고 냄새도 훨씬 더 잘 맡는다. 보는 것도 우리가 훨씬 더 잘한다. 특히 어둠 속에서는 더 그렇다. 감각에 관한 한 우리가 사람들보다 훨씬 우월한 위치에 있다.

　오른쪽과 왼쪽을 번갈아 살펴봤지만 나를 눈여겨보는 사람이 아무도 없었다. 그래도 나는 잠깐 망설였다. 몇 미터 떨어진 곳에서 두 여자가 쇼핑 봉투를 든 채 이야기를 나누고 있었다. 둘 중 금발머리를 리본으로 묶고 붉은색 코트를 입은 여자가 갑자기 고개를 돌리더니 내 쪽을 바라보았다. 마치 내가 무얼 하려는지 짐작이라도 한 것 같았다. 나는 깜짝 놀라 숨을 멈추었다. 하지만 여자의 시선은 나를 못 본 듯 그저 스쳐 지나갔다. 어깨를 한 번 으쓱하더니 얘기를 나누던 다른 여자를 향해 얼굴을 돌렸다. 다른 여자는 흰색과 까만색이 섞인 모직 재킷을 걸치고 있었다. 모직 재킷을 입은 여자가 양손에 들고 있던 쇼핑 봉투를 바닥에 내려놓았다. 아마도 이야기가 꽤 길어질 모양이었다. 그때 알록달록 화려한 색깔의 후드 코트를 입은 여자아이가 엄마 손을 잡고 걸어왔다. 아이는 엄마한테 붙잡히지 않은 한 손을 나를 향해 뻗었다. 하지만 다행히 내가 흠칫 놀라기 전에 엄마가 아이를 데리고 지나갔다.

나는 안도의 한숨을 내쉬었다. 그렇게 나는 장바구니를 실은 자전거 옆에 서 있었다. 맛있는 냄새가 점점 더 심하게 유혹했다. 나는 더 이상 참지 못하고 단숨에 장바구니 안으로 뛰어들었다. 그 바람에 장바구니 뚜껑이 닫히고 갑자기 눈앞이 깜깜해졌다. 하지만 상관없었다. 두툼한 종이 꾸러미 안에 뭐가 들었을지 내 코가 이미 알려 주었기 때문이다. 나는 청어가 나올 때까지 종이를 갈기갈기 찢어발겼다. 마침내 청어가 드러나자 발톱으로 한 조각을 뜯어낸 후 잘 씹지도 않고 삼켰다.

정말 맛있었다. 어찌나 맛있는지 행복감에 정신을 차릴 수가 없을 지경이었다. 이토록 기막히게 맛있는 걸 먹어 본 지가 얼마나 오래 되었는지! 내 기억보다 훨씬 더 맛있었다. 나는 발톱과 이빨로 청어 껍질과 머리와 가시를 발라낸 후 생선살을 한 조각씩 먹기 시작했다. 어느 정도 먹은 다음엔 멈췄어야 했다. 사실 엠마 할머니가 주던 양보다 더 많이 먹었으니까. 내가 맛있는 걸 과식하는 경향이 있다는 건 알고 있었다. 엠마 할머니가 종종 '욕심꾸러기'라고 불렀던 건 그런 까닭에서였다.

그만 먹어야 했는데 그러질 못했다. 자제심은 원래 나와는 거리가 먼 단어였다. 나는 청어를 한 마리씩 게걸스럽게 먹어치웠다. 엠마 할머니가 언젠가 얘기해 준 게으름뱅이의 천국에 와 있는 것 같았다. 그곳에서는 사람들이 잔디밭에 누워 빈둥거리고 있으면 잘

구운 비둘기가 입속으로 날아 들어간다고 했다.

나는 그 이야기를 듣고 이렇게 물었다.

"고양이들은요?"

할머니는 큰 소리로 웃더니 대답했다.

"고양이들은 편안하게 누워서 입만 벌리지. 그럼 쥐들이 입 안에 바로 날아 들어갈 거야. 아니면 특별 간식이나."

나는 속으로 '아니면 청어가!' 하면서 아쉬운 마음으로 한숨을 쉬었다. 배가 불러서 남은 청어를 마저 먹지 못할 것 같아서였다. 참 아쉬웠다.

그 순간 묵직한 꾸러미 하나가 위에서 떨어져 내리더니 자전거가 움직이기 시작했다. 나는 너무나 놀라서 먹는 걸 멈췄다. 자전거에서 뛰어내릴 적당한 기회를 놓쳐 버리고 말았다.

32

우연이든 아니든
무엇이 중요한가,
결국 행복해지는 것이 중요하지.

자전거가 달리다가 커브를 틀었다. 나는 옆으로 미끄러져 장바구니 한쪽 면에 부딪쳤다. 어깨 아래쪽 상처에 플라스틱이 닿아 차갑게 느껴졌다. 장바구니가 이리저리 흔들렸다. 자전거 바퀴가 울퉁불퉁한 길을 달릴 때면 생선이 다시 살아나기라도 한 듯이 가시들이 폴짝거렸다. 장바구니에서 빠져나와 달리는 자전거에서 뛰어내릴 수밖에 없다는 건 분명했다. 하지만 고기 냄새가 나는 꾸러미가 등을 무겁게 누르고 있었다. 더군다나 그토록 좋아하는 청어를 포기할 수가 없었다. 나는 식탐에 사로잡혀 제정신이 아니었다.

얼마나 지났을까. 자전거가 멈춰 서더니 자전거 자물쇠를 채우는 소리가 들렸다. 누군가 짐칸에서 장바구니를 내렸다. 포석을 밟는 발걸음 소리가 들리면서 장바구니가 잠시도 쉬지 않고 흔들흔들했다. 어지러워서 속이 뒤집힐 것 같았다. 아니면 청어를 너무 많이 먹어서 그런지도 몰랐다. 문이 열고 닫히는 소리가 두 번 나고서야 비로소 장바구니는 어딘가 단단한 평면에 힘차게 내려졌다. 나중에 알고 보니 주방 탁자 위였다.

"토마스, 왔어?"

한 번도 들어본 적이 없는 여자 목소리가 들렸다.

"빨리 다녀왔네. 다 샀어?"

"응, 리자."

남자가 대답했다. 어렴풋하게 기억이 나는 목소리였다.

"아주 통통한 청어를 두 마리 샀어. 내일 아침에 먹을 수프용 쇠고기도 사고. 정육점 주인이 인사 전해 달래."

"고마워. 지금 바로 감자 삶을 물 올려야겠네. 참, 오늘 저녁에 텔레비전에서 좋은 영화 한대. 저녁 먹고 느긋하게 보면 되겠다."

발걸음 소리가 들리고 이어서 쪽 하고 입맞춤하는 소리도 들렸다. 엠마 할머니가 종종 재미삼아 내게 해 주던 쪽 소리와 같았다. 찬장에서 냄비를 꺼내는 소리가 나더니 물소리가 쏴아 들려왔다. 바닥에 의자가 끌리는 소리도 들렸다. 이 소리들은 모두 익숙한 소리였다. 저절로 긴장이 조금 풀렸다.

그런데 갑자기 장바구니 뚜껑이 열렸다. 포장지와 장바구니 옆면 사이 틈새로 빛이 한 줄기 들어왔다. 나는 깜짝 놀라 두 앞발 사이에 고개를 파묻었다. 부스럭 소리가 나면서 누군가 맨 위에 있던 꾸러미를 꺼내고 포장지를 집어 들었다. 갑자기 눈앞이 환해졌다. 나는 두 눈을 꼭 감았다. 그렇게 해서 아무것도 안 보면 상대방에게도 내가 보이지 않을 것처럼.

"어머나, 이게 뭐야?"

여자가 소리쳤다.

"토마스, 이리 와서 좀 봐!"

나는 조심스럽게 두 눈을 깜빡였다. 내 머리 위로 고개를 숙이고 있는 남자와 여자의 얼굴이 보였다. 그제야 남자 얼굴을 알아볼 수가 있었다. 엠마 할머니한테 텔레비전 편성표가 있는 신문을 가져다주고 가끔 할머니와 함께 커피를 마시기도 했던 사람이었다.

여자가 두 눈을 크게 뜨고 나를 내려다보았다. 갈색 머리카락 아래 자리 잡은 크고 평평한 얼굴이 눈에 들어왔다.

남자가 당황스러운 표정으로 말했다.

"전혀 알아채지 못했는데 어떻게 이런 일이 일어났지?"

커다란 손이 나를 향해 다가왔다. 심장이 멈추는 듯한 기분이었다. 두 손이 내 가슴 쪽을 감싸안더니 조심스럽게 꺼내서 장바구니와 쇠고기 꾸러미 사이에 앉혔다.

여자가 다정한 목소리로 말을 걸었다.

"아이고, 불쌍해라! 굶어 죽기 일보 직전이로구나."

여자는 나에게 얼굴을 바짝 갖다 대고는 냄새를 맡았다.

"생선가게를 통째로 옮겨 놓은 것 같은 냄새가 나네."

그 말과 함께 내 등을 쓰다듬었다.

여자의 손길이 불쾌하진 않았지만 나는 몸을 움츠렸다. 갑자기 속이 메스꺼웠다. 나는 도저히 참을 수가 없어서 탁자에 토하고 말았다.

"청어 때문이야."

여자는 키친타월을 집어 들더니 토사물을 종이로 닦아 냈다.

"이 고양이, 내가 아는 고양이 같아."

남자가 말했다.

"바움길 8번지 슈베르트 여사가 키우던 고양이 같아. 내 기억이 맞다면 이름이 키티일 거야."

"마지막 철자가 Y인 키티예요."

나는 조그맣게 말했다. 물론 두 사람이 그 말을 알아들었을 리는 없지만.

"슈베르트 여사는 자기 고양이를 '내 붉은 공주님'이라고 부르셨는데." 하고 남자가 덧붙이자 여자가 말했다.

"지금 바로 전화해서 여기 있다고 알려 드리는 게 좋겠어. 보나마나 걱정하고 계실 테니까."

남자는 한숨을 쉬며 대꾸했다.

"안타깝게도 그럴 수가 없어. 슈베르트 여사는 몇 달째 요양원에 계신대. 이웃에 사는 분이 그러더라고. 여사님 집에는 다른 가족이 이사 왔대."

남자는 의자에 털썩 주저앉더니 탁자에 턱을 괴고 말했다.

"이제 어떻게 하지?"

"일단 가서 청어를 다시 사 와. 그다음에 생각해 보자. 내일 아침에 동물보호소에 데려다주든지. 어쨌든 오늘 저녁은 우리가 데리고 있어야지. 바닥에 용변을 보면 곤란하니까 고양이 화장실로 쓸 거랑 내일 아침에 줄 사료도 필요해. 오늘 저녁은 아무것도 주면 안 될 것 같아."

남자는 복도에서 외투를 가져오더니 살 것 목록을 되풀이했다.

"청어랑 고양이 화장실로 쓸 것, 고양이 사료가 든 통조림 하나."

"서둘러야 해. 좀 있으면 슈퍼 문 닫을 시각이야."

여자가 재촉하자 남자는 주방을 나갔다.

나는 고개를 숙이고 앞발은 구부린 채 탁자 위에 앉아 여자가 한 말의 뜻을 이해하려고 애썼다. 동물보호소. 핍스가 한 말이 생각났다. 몸을 돌리기도 힘들고 겨우 두세 걸음밖에 뗄 수 없을 만큼 좁은 우리에 갇혀 있는 내 모습이 떠올랐다. 온몸이 사정없이 떨렸다.

여자가 물이 담긴 작은 접시를 내밀었지만 나는 꼼짝도 하지 않았다. 여자는 주방에서 바쁘게 움직였다. 쇠고기를 냉장고에 넣고 감자를 씻어 냄비에 담아 불 위에 올렸다. 그러는 동안 몇 차례 다가와 내 머리를 잠깐 쓰다듬기도 했다. 그때마다 나는 몸을 움츠렸다. 머릿속에 동물보호소 생각만 가득했다. 생각만으로도 어찌나 끔찍한지 속이 뒤집혀 또다시 토하고 말았다.

"불쌍하기도 하지. 많이 안 좋은 모양이구나."

여자가 말했다.

내 상태는 많이 안 좋았다. 정말 아주 많이 안 좋았다.

여자는 열려 있는 문을 지나 거실로 갔다. 나는 조심스럽게 주위를 둘러보며 도망칠 길을 찾았다. 주방은 엠마 할머니와 함께 살던 우리 집 주방과 비슷해 보였다. 모든 것이 어쩐지 눈에 익었다. 레인지와 찬장, 식기 세척기, 의자 네 개가 딸린 탁자, 조리대와 커다란 냉장고 그리고 개수대. 레인지 건너편에는 다용도실이 있었는데 열린 문 사이로 식료품을 가득 올려놓은 선반이 보였다. 아무리 둘러보아도 도망칠 길은 없었다. 창문이 있긴 했지만 위쪽만 조금 앞으로 젖혀져 있을 뿐이었다.

주방으로 돌아온 여자가 손에 든 연두색 방석을 난방 장치 아래에 깔더니 나를 데려다 앉히며 "여기 있으렴. 몸이 좀 따뜻해질 거야."라고 말했다. 그런 다음에 물이 든 접시를 옆에 놓아 주었다. 갑자기 너무나 피곤했다. 그리고 녹초가 된 내 몸 아래 놓인 방석은 너무나 포근했다. 나는 온몸을 쭉 펴고 누웠다. 머리가 한없이 복잡했다. 마음속으로 카산드라 언니를 불러 보았지만 대답이 없었다. 엠마 할머니와 플레키, 브루노를 향한 간절한 그리움이 밀려왔다. 심지어는 아누쉬와 꼬마 릴리도 무척 보고 싶었다. 나는 그리운 얼굴들을 떠올리려고 두 눈을 감았다.

그러다가 잠이 들었나 보다. 안락해서가 아니라 불안 때문이었다. 그 순간에는 잠이야말로 현실을 잊게 해 줄 유일한 수단이었다. 게다가 우리 고양이들은 원래 잠이 많다. 사람보다 훨씬 더 많이 잔다. 어쨌든 눈을 떠보니 두 사람은 식탁에 앉아 껍질째 삶은 감자와 청어를 먹으며 이야기를 나누고 있었다.

내 이야기를 하고 있었다. 나는 한마디라도 놓칠세라 잔뜩 긴장한 채 귀를 기울였다.

"우리가 데리고 있는 건 어떨까?"

여자의 말에 남자가 어리둥절한 얼굴로 물었다.

"왜? 우리는 고양이를 키우고 싶다고 생각한 적이 없잖아."

여자가 고개를 저었다.

"그건 아니지. 우리가 고양이를 키우지 않겠다고 생각한 건 아니잖아. 그냥 고양이를 키우고 싶다는 생각을 한 번도 안 한 것뿐이야. 만약 생각을 해 봤다면 고양이를 키우고 싶었을지도 몰라. 어쨌든 난 그래."

토마스는 의아한 표정이었다.

"그런데 왜 지금까지 그런 말을 전혀 안 했어?"

"거기에 생각이 미치지 않아서 그랬지. 내가 예전에 고양이를 얼마나 좋아했는지 까맣게 잊고 있었어. 할머니가 고양이를 여러 마리 키우셨는데 고양이 때문에 틈만 나면 할머니 댁에 가려고 했거든."

두 사람은 잠자코 식사를 계속했다. 나는 어떤 기분을 느껴야 할지 알 수 없었다. 희망 혹은 불안 아니면 뭐라고 이름 붙일 수 없는 느낌? 나는 눈을 감았다.

그릇이 달그락거리는 소리가 났다. 식사가 끝나서 식탁을 치우나 보다. 여자가 다가오더니 몸을 숙이고 내 배를 쓰다듬었다.

"새끼를 뱄어."

여자가 남자에게 말했다.

"조만간 새끼를 낳을 거야. 새끼 고양이는 특히 귀여워."

"어떻게 알아?"

"할머니네 고양이들도 여러 번 새끼를 낳았거든."

남자가 자리에서 일어나 의자를 뒤로 밀더니 다용도실에 갔다 오는 소리가 들렸다. '퐁' 하는 소리가 났다. 엠마 할머니가 포트와인 병을 딸 때면 나던 소리였다. 나는 눈을 떴다.

남자는 잔 두 개를 식탁에 내려놓더니 들고 온 병에서 포도주를 따랐다.

"그럼 새로운 가족을 맞이한 기념으로 건배해야지."

머릿속에서 생각이 벌떼처럼 윙윙거리고 돌아다녔다. 무슨 뜻일까? 우연히 아니면 멍청한 행동 덕분에 새 보금자리를 찾게 된 걸까? 너무 꿈같아서 차마 믿을 수 없었다. 나는 불안한 동작으로 일어나 물을 마셨다. 그리고 여자의 다리에 몸을 대고 문질렀다. 베티가 파이카에게 가르쳐 주던 대로 조심스럽게 그리고 천천히.

"테라스 문 옆에 뚜껑 달린 작은 문을 하나 만들어 주면 될 거야. 아무 때나 들락거릴 수 있게."

남자가 말했다.

"아직은 필요 없어."

여자가 대꾸했다.

"새끼를 낳을 때까지는 집 안에 있어야 해. 얼마 남지 않은 것 같아."

여자는 몸을 숙여 나를 들어 올리더니 무릎에 내려놓았다. 그리고 조심스러운 손길로 쓰다듬기 시작했다. 부드럽고 따스한 손길이었다. "겁내지 마. 넌 그냥 지금 모습 그대로 있으면 돼." 하고 말하는 것 같았다.

"키티 데리고 요양원으로 슈베르트 여사를 뵈러 가자."

여자가 나를 쓰다듬는 손길을 멈추지 않은 채 갑자기 제안했다.

"분명 기뻐하실 거야."

"거긴 동물을 데려갈 수 없어. 유감스럽게도."

남자가 고개를 저었다.

여자는 깔깔거리고 웃더니 말했다.

"장바구니에 넣어서 몰래 데려가면 되지. 오늘 보니까 거기 쏙 들어가던데. 아무도 눈치 못 챌 거야. 슈베르트 여사 혼자 계실 때 살짝 꺼내면 돼."

"기발한 생각이네."

남자가 웃으며 대꾸했다. 나는 '아주 똑똑한 사람이구나.' 하고 생각했다.

밤이 깊어가자 두 사람은 나를 방석에 내려놓고 잘 자라는 인사를 해 준 다음 침실로 갔다. 거실 문과 침실 문은 열어 놓은 채로 두었다.

나는 두 사람이 욕실을 사용한 후 침실의 불을 끌 때까지, 그 이후에도 두 사람이 완전히 잠이 들었다는 확신이 들 때까지 조금 더 기다렸다. 주방 창문을 때리는 빗소리가 들려왔다. 나는 창문턱으로 뛰어올랐다. 비가 세차게 퍼붓고 있었다. 이제 이런 비를 맞지 않아도 되었다. 가로등 불빛에 도로 건너편 나무들이 비쳐 보였다. 바람 때문에 옆으로 휘어져 있었다. 이제 이런 바람 속으로 나가지 않아도 되었다.

나는 희미한 가로등 불빛에 의지해 집 안 곳곳을 살펴보았다. 거실은 안락하게 꾸며져 있었다. 소파 하나와 안락의자 두 개가 있었고 우리 고양이가 좋아하는 포근한 방석이 깔려 있었다. 서서히 마음속에 기쁨이 차올랐다. 여기라면 잘 지낼 수 있었다. 여기라면 안전하게 새끼를 낳을 수 있었다. 나는 소파에 앉아 온몸을 닦기 시작했다. 구석구석 깨끗하게.

그러고 나서 살그머니 침실 안으로 들어갔다. 두 사람은 깊이 잠들어 있었다. 남자가 나지막하게 코를 골았다. 엠마 할머니만큼이나 코 고는 소리가 아주 작았다. 꽃무늬 잠옷을 입은 여자는 엠마 할머니처럼 등을 바닥에 대고 똑바로 누운 자세였다. 한 손은 이불 위에 놓여 있었고 다른 손은 옆으로 뻗어 있었다. 나는 침대 위로 뛰어올라 여자의 냄새를 맡았다. 모든 사람에게는 고유한 체

취가 있어서 눈을 감고도 그 사람을 알아차릴 수 있다. 여자한테서는 엠마 할머니와는 달랐지만 좋은 냄새가 났다.

나는 여자의 목과 어깨 사이 움푹한 곳을 바라본 후 뺨을 살짝 핥아 보았다. 약한 바닐라 향이 나는 좋은 맛이었다. 나는 더 이상 고민하지 않고 몸을 둥글게 만 채 여자의 목과 어깨 사이 움푹한 곳을 파고들었다. 그리고 마음속으로 '카산드라 언니, 이제 다 잘될 것 같아.' 하고 속삭였다. 언니가 플레키 목소리로 대답했다.

"당연히 그렇지. 귀염둥이, 네가 해낸 거야."

에필로그

나는 운이 좋았다. 세상에 다시없을 만큼 좋은 사람인 엠마 할머니를 만나 행복한 어린 시절과 성장기를 보낼 수 있었다. 그리고 힘든 시기를 보낼 때는 든든한 친구들, 브루노와 플레키 그리고 아누쉬가 곁을 지켜 주었다.

그것만으로도 감사한데 행운은 거기에서 끝나지 않아 토마스와 리자를 만났다. 두 사람이 나를 가족으로 받아들여 보금자리를 내어 준 덕분에 나는 안전한 곳에서 편안한 마음으로 새끼를 낳을 수 있었다. 참고로 태어난 새끼 고양이는 셋이다. 청회색 털을 가진 수고양이에게는 '브루노'라는 이름을, 호랑이 줄무늬가 있는 붉은색 고양이에게는 '카산드라'라는 이름을 지어 주었다. 가장 작은 막내는 '미니'라고 불렀다.

나는 잘 지낸다. 소원이 있다면 사람들이 작고 어린 동물들의 커다란 눈동자와 어설픈 몸짓이 애처롭게 보인다고 해서 어린 동물들만 데려다 키우지 않았으면 좋겠다. 여러 가지 이유로 살던 곳을 잃어버린 다 큰 동물들도 보살핌이 필요하다. 어쩌면 이제까지 돌봐 주던 사람이 너무 나이가 들었거나 죽어서, 혹은 더 이상 키우기가 귀찮아져서 갈 곳이 없어졌을지도 모른다. 그런 일이 있다고들 한다. 그러니 동물들도 두 번째 혹은 세 번째 기회를 얻을 자격이 있다.

Kitty.

고양이라서 행복해

초판 1쇄 펴낸날 2020년 4월 13일

지은이	미리암 프레슬러
옮긴이	고영아
펴낸이	조은희
편집장	한해숙
디자인	최성수, 이이환
마케팅	박영준
온라인마케팅	정보영
영업관리	김효순
제작	정영조, 강명주
펴낸곳	주식회사 한솔수북
출판등록	제2013-000276호
주소	03996 서울시 마포구 월드컵로 96 영훈빌딩 5층
전화	편집 02-2001-5820 영업 02-2001-5828
팩스	02-2060-0108
전자우편	isoobook@eduhansol.co.kr
블로그	blog.naver.com/hsoobook
페이스북	chaekdam
인스타그램	chaekdam

ISBN 979-11-7028-581-6

이 도서의 국립중앙도서관 출판예정도서목록(CIP)은
서지정보유통지원시스템 홈페이지(http://seoji.nl.go.kr)와
국가자료공동목록시스템(http://www.nl.go.kr/kolisnet)에서
이용하실 수 있습니다. (CIP제어번호: CIP2020012042)

큐알 코드를 찍어서
독자 참여 신청을 하시면
선물을 보내 드립니다.

 책담 다른 내일을 만드는 상상